编委会

顾问：

李润田　王才安　孙培新　王文金　张秉义　关爱和　娄源功

编委会主任：

卢克平　宋纯鹏　张锁江

编委会副主任：

谭　贞　张宝明　季　波　许绍康　孙君健　孙功奇　杨朝阳
王学路　冯淑霞　傅声雷　张立新

编委会委员：（按姓氏拼音排序）

蔡　军　程遂营　丁翼虎　冯淑霞　傅声雷　洪　浩　桓占伟
姬志闯　季　波　孔令刚　李永鑫　卢克平　苗长虹　祁琛云
任东景　宋丙涛　宋纯鹏　孙功奇　孙君健　谭　贞　王鹏飞
王思琦　王性玉　王学路　武新军　席卫权　许绍康　杨朝军
杨朝阳　杨光辉　杨国安　于华龙　展　龙　张宝明　张大超
张立新　张锁江

丛书主编：

孙君健

执行主编：

展　龙　杨国安　桓占伟

副主编：

丁翼虎　孔令刚

"夷门传薪学人传"丛书

丛书主编　孙君健
执行主编　展　龙　杨国安　桓占伟

夷门传薪学人传

丁中一

肖海英　著

河南大学出版社
·郑州·

图书在版编目(CIP)数据

丁中一／肖海英著.--郑州:河南大学出版社,2022.7
("夷门传薪学人传"丛书／孙君健主编)
ISBN 978-7-5649-5265-5

Ⅰ.①丁… Ⅱ.①肖… Ⅲ.①丁中一–传记 Ⅳ.①K825.46

中国版本图书馆 CIP 数据核字(2022)第 148684 号

夷门传薪学人传　丁中一
YIMEN CHUANXIN XUEREN ZHUAN　DING ZHONGYI

责任编辑	仝一帆
责任校对	王丽芳
封面设计	翟淼淼
出版发行	河南大学出版社
	地址:郑州市郑东新区商务外环中华大厦 2401 号
	邮编:450046　电话:0371-86059701(营销部)
	网址:hupress.henu.edu.cn
排　版	郑州市今日文教印制有限公司
印　刷	河南瑞之光印刷股份有限公司
版　次	2022 年 7 月第 1 版　印　次　2022 年 7 月第 1 次印刷
开　本	889 mm×1194 mm 1/32　印　张　4.5
字　数	97 千字　定　价　20.00 元

版权所有·侵权必究
本书如有印装质量问题,请与河南大学出版社营销部联系调换。

述往事思来者根在夷门
（总序）

夷门，是一个比开封还古老的名字。

夷门是战国魏都城的东门，因城门修在夷山之上，故名。

夷门最早的故事与魏公子无忌有关。无忌为战国时期魏国第五任君主魏昭王的小儿子。魏昭王去世后，无忌同父异母的哥哥圉继承王位，是为安釐王。安釐王封无忌于信陵（今宁陵），是为信陵君。信陵君的第一个故事是养士辅政。其时，魏国在与秦国的对抗中，处在不利地位。信陵君仿效齐之孟尝君、赵之平原君、楚之春申君的辅政方法，养士三千，诸侯因此不敢加兵于魏十余年。七十岁的夷门看守人侯嬴与屠夫朱亥，均为信陵君礼贤下士所交好友。信陵君的第二个故事是窃符救赵。公元前257年，秦围赵都城邯郸，赵王的弟弟平原君求救于魏。魏王派晋鄙率兵十万，到达邺地。但迫于秦威，止步不前。信陵君听取侯嬴之计，窃取虎符，与朱亥前往邺地。在晋鄙对虎符有疑时，朱亥椎杀晋鄙。信陵君率兵救了赵国。侯嬴在信陵君到达邺地时，自刎于夷门。

窃符救赵的故事发生一百余年后，司马迁寻访战国争雄的史迹，来到夷门。对千金一诺、侠义热血故事颇有兴趣的司马迁，在《史记·魏公子列传》中做了上述精彩描述，扣人心弦犹如小说家言。信陵君事迹很多,司马迁只记礼士与救赵;信陵君在魏养士三千,详写的只有侯嬴与朱亥。传记的结尾,意犹未尽,作者再次称赞信陵君不耻下交的礼士精神:"吾过大梁之墟,求问其所谓夷门。夷门者,城之东门也。天下诸公子亦有喜士者矣,然信陵君之接岩穴隐者,不耻下交,有以也。名冠诸侯,不虚耳。"仁而谦恭,礼贤下士,成就大业。这是夷门叙事的第一重启示。

公元前99年,司马迁为李陵事获罪,受腐刑,因著书事业而隐忍苟活。受刑的第二年,朋友任安写信询问情况,司马迁写下了传诵千古的《报任安书》,完整描画了一个知识人最高最完美的理想:"近自托于无能之辞,网罗天下放失旧闻,考之行事,稽其成败兴坏之理,……凡百三十篇。亦欲以究天人之际,通古今之变,成一家之言。"据此话推定,《史记》已大致完成。今传《史记》有《太史公自序》,其有感于自己身世,而追述中国历史中圣贤发愤著述的传统:"昔西伯拘羑里,演《周易》;孔子厄陈、蔡,作《春秋》;屈原放逐,著《离骚》;左丘失明,厥有《国语》;孙子膑脚,而论兵法;不韦迁蜀,世传《吕览》;韩非囚秦,《说难》《孤愤》;《诗》三百篇,大抵圣贤发愤之所为作也。此人皆意有所郁结,不得通其道也,故述往事,思来者。"这种圣贤发愤著述的传统,是司马迁完成《史记》的支撑力量,也化为以立言为志的中国士人生生不息的精神资源。"究天人之际,通古今之变,成一家之言"与"述往事,思来者",共同成为读书人立言著述的最高理想。身为记述唐尧以来中国历史的史官司马迁,历史上却没有留下他本人卒年的记载。近代王国维考证,司马迁大约卒于汉武帝末年。勤奋于"述往事,思来者"之业,究天地之际,通古今之变,成一家之言,燃烧自我之身,不计身后之名。这是夷门叙事的第二重启示。

公元960年,北宋政权以开封为都城建立,从而创造了继唐代后又一个统一王朝的辉煌时代。此时距司马迁《史记》成书,已过去千年。夷门不在,夷山依旧。夷山之上,北宋皇祐元年(1049年)建起了开宝寺塔。塔体外立面均为褐色琉璃砖,浑似铁铸,民间俗称"铁塔"。1912年,铁塔南麓,建立了一所大学——河南留学欧美预备学校(今河南大学前身)。河南大学的学生均以"铁塔牌"自称。铁塔成为这所大学毕业生最早的logo(标签)。当年椎杀晋鄙的朱亥,因窃符救赵之功,被授相印,其封地原名聚仙镇,在北宋末,改称朱仙镇。岳飞抗金,取得朱仙镇大捷,也终没有挽救北宋王朝的命运。北宋的成功,在文治而不在武功。20世纪40年代,陈寅恪为邓广铭《宋史职官志考正》作序,有"华夏民族之文化,历数千载之演进,造极于赵宋之世"的称赞。一个以唐史研究见长的史学家,推重赵宋文化,绝非偶然。赵宋时期城与市合一,不需要再像《木兰辞》所言那样"东市买骏马,西市买鞍鞯"。城与市合一的开封,勾栏瓦肆林立,充满着人间烟火气。唐宋以来实行的科举制度,使寒族子弟也可以像世家子弟一样,通过个人的努力,通达社会与文化上层。读书人生气聚集之时,赵宋时期出现了士大夫阶层。士大夫具有超越特定族群、特定利益阶层的历史眼光和宽阔胸怀。祖籍大梁的北宋大儒张载不失时机提出的"为天地立心,为生民立命,为往圣继绝学,为万世开太平"的"横渠四句",成为新兴士大夫群体理想抱负的经典表达。士大夫群体的思想文化创造力活力四射,宋代理学家、史学家、文学家、音乐家、书法家、艺术家层出不穷,群星灿烂,造诣均达极高水平。宋代理学家将儒释道合一,重建儒学体系。新的儒学体系高扬道德的旗帜,以修齐治平调节士人人生期待,以伦理纲常整饬社会秩序。陈寅恪称赞欧阳修晚年所撰《五代史》的功劳在"贬斥势利,尊崇气节,遂一匡五代之浇漓,返之淳正。故天水一朝之文化,竟为我民族遗留之瑰宝。孰谓空文于治道学术无裨益耶?"五四运动过后二十余年,在抗战的炮火中,陈寅恪坚信造极于赵宋之世的华夏文化,本根未死,终必复振。理想、信念、毅力、气节,是读书人的禀赋;立心、立命、继绝学、开太平,为读书人的价值与责任。以治道学术服务国家人民,乃读书的正途与根本。这是夷门叙事的第三重启示。

北宋时期的国子监所在地位于现在的龙亭一带。明代这里辟为周王府。清初,河南贡院一度迁至辉县百泉,清顺治十六年(1659年)河南贡院在周王府旧址修建。因地势低洼积水,雍正九年(1731年)河南贡院迁至夷山南隅。1841年黄河发水,拆河南贡院房舍防洪,第二年重修,新建号舍万余间。1900年的庚子事变,北京用于国家会试的贡院被毁,河南贡院因房舍完好、交通便利,而在1903、1904年成为科举会试所在地。1905年废除科举,河南贡院就成为上千年科举制度的终结地。1912年,河南有识之士在河南贡院的校舍上创办河南留学欧美预备学校,1923年改建为中州大学,1930年易名省立河南大学。因此,从这套丛书的一个人物林伯襄1912年担任河南留学欧美预备学校的校长开始,河南大学叙事便与夷门叙事有了交集,夷门叙事所体现出的精神基因便在河南大学传承延展。与时俱进,百折不挠,在国家、民族站起来、富起来、强起来的百年沧桑中,河南大学以振兴教育、培养人才服务于民族自立、国家复兴和区域发展,成为中原大地高等教育的一棵参天大树。参天地之化,养浩然正气,育万千桃李,以教育报国。此为夷门叙事的第四重启示。

在河南大学迎来110周年校庆之际,学校编写出版"夷门传薪学人传"丛书,嘱我为序。在准备出版的二十多种学人传中,有在河南大学发展的重要节点上做出了重大贡献的主政者,绝大多数是在学校发展的不同时期在学术进步、人才培养方面成绩突出的教授。名人有言:"大学者,非谓有大楼之谓也,有大师之谓也。"这些学者教授就是河南大学的大师。河南大学建立110年来,对国家、对民族的贡献,大部分是通过一代又一代心系桑梓、植根教育的千千万万教育工作者实现的,上述学者教授是千千万万教育工作者的代表。在河南大学这所百年名校中,"究天人之际,通古今之变,成一家之言"的学术创新是他们完成的;"为天地立心,为生民立命,为往圣继绝学,为万世开太平"的学术理想是他们实践的;"参天地之化,养浩然正气,育万千桃李,以教育报国"的百年辉煌是他们参与创造的。这是河南大学110年校庆要编辑出版"夷门传薪学人传"丛书的唯一理由。

有形夷门在司马迁生活的时期已经颓毁,而无形的夷门,留在司马迁的《史记》中,留在宋儒的横渠四句中,留在科举旧地与新式教育的交接中,留在河南大学生生不息的生命意志中。

在河南大学建校110年之际，河南大学的注册地移至郑州，但河南大学的办学精神，已经融入河南大学的基因与血脉之中。河南大学从留学欧美预备学校的成立，到今天的"双一流"建设，何尝不是河南有识之士与黄河儿女的"发愤"之作！国家兴亡，匹夫有责，读书人更有责。司马迁"发愤"，"述往事，思来者"而著"史家之绝唱，无韵之离骚"；河南大学"发愤"，"述往事，思来者"而有发展进步的大手笔、大思路。让我们为之共同奋斗。

放眼寰宇的河南大学，根在夷门。

关爱和

2022年7月

（作者为河南大学教授、博士生导师，中国近代文学学会会长。曾任河南大学校长、党委书记。）

目 录

第一章　少年时光　天分初现 …………………………（ 1 ）
　一、战争阴云 ……………………………………（ 1 ）
　二、天才少年 ……………………………………（ 2 ）
　三、勤奋刻苦 ……………………………………（ 5 ）

第二章　负笈浙美　中西兼修 …………………………（ 7 ）
　一、从良师学　幸登桃李之门 …………………（ 7 ）
　二、勤学苦练　功深心似镜 ……………………（ 14 ）
　三、博采众长　中西兼修 ………………………（ 24 ）

第三章　艺苑耕耘　化育英才 …………………………（ 31 ）
　一、那个他引以为豪的学生 ……………………（ 31 ）
　二、桃李不言　下自成蹊 ………………………（ 37 ）
　三、递薪传火　春风化雨 ………………………（ 46 ）
　四、言传身教　春华秋实 ………………………（ 73 ）

第四章　文人意蕴　风格独具 …………………………（ 83 ）
　一、古代人物画：以澄怀观道之心致礼先贤 …（ 83 ）
　二、简笔山水画：精简淡远的绘画语言 ………（ 87 ）
　三、素描与速写：新艺术语言的探索 …………（ 96 ）

第五章　植根中原　革故鼎新 …………………………（101）
　一、相融相济只唯真 ……………………………（101）

二、具象写实性的"素描"国画人物创新 …………（108）
三、"光影"水墨人物画的大胆实践 ……………（113）
结　语 ……………………………………………（121）
附　录：丁中一艺术活动年表 ……………………（126）

第一章　少年时光 天分初现

1937年的上海，外滩矗立着52幢风格迥异的古典复兴大楼，注视着这座远东"国际化"大都市的繁华。

一、战争阴云

1937年3月9日，丁中一出生于上海火车站闸北区，那是一个温馨的知识分子家庭。然而，中日战争的阴云很快笼罩上海。1937年7月，继北平、天津沦陷后，日本军方将中国大地视为"生命线""日本获取黄金的源泉"，梦想着三个月占领整个中国，在这样的侵略野心驱使之下，上海这座"国际化"大都市成了他们的下一个目标。

8月9日，日本军方决定故意制造事端，重演卢沟桥的一幕，找借口发动战争。日军派人硬闯中国虹桥军用机场，遭到守军阻拦后竟然开枪打死了一名中国士兵，而中国军队也将蓄意挑事的两名日本兵击毙。"虹桥事件"成了日本军方眼中最好的借口，中日在沪的战争终于不可避免地发生了。当时，日本打着"三天便可征服上海"的主意，不断增兵，不想却遭到了中国军民的激烈抵抗，眼看"三日计划"化为泡影，恼羞成怒的日军发起了海陆两栖作战，昔日繁华的上海很快笼罩在战争的阴云之中，谁也不知道自己还有没有明天。

为了在上海被侵占前安全离开，很多上海人匆忙赶往火车南站。此时火车南站已经是人满为患，人群中找不到一张笑脸，人人脸上充满着焦急恐慌，他们不知道的是，日本人已经盯上了上海这个仅剩的交通要道，将其列为百架次轰炸机的主要目标之一。轰炸来临时，上海火车南站的人们猝不及防，三枚炸弹从天而降，炸塌了天桥，火车头被砸中随即燃起了大火，站台崩塌，车站附近的居民楼房也被炸得纷纷倒塌，须臾，火车南站附近便化为了一片尸山血海，被炸死、轧死、踩死的人无数。火还在燃烧，浓烟久久不散，火车南站的上空弥漫着浓浓的血腥味，久久不散……

随后，日本军队进驻上海进行了长达八年的管控。至今，丁中一依然记得那些提心吊胆的日子。幸运的是，在父母的保护下，丁中一和姐姐、姥姥及时从上海来到乡下，在浦东杜家行避难。丁中一的父亲丁振早年毕业于刘海粟创办的上海美专，在这个典型的书香门第中，丁中一受到中国传统文化和绘画艺术的双重熏陶，拥有了独特的文人气质。

二、天才少年

兴趣孕育勤奋，勤奋挖掘天才。丁中一9岁握画笔，14岁创作发表了连环画《队旗》（根据苏联作家波列伏依反映反法西斯斗争的故事《团队的旗帜》改编）（图1.2.1），北京人民美术出版社专为其作序，誉其为"天才儿童"，他倍受鼓励。

早在念小学时，丁中一便对绘画抱有浓厚的兴趣。记得在一次美术课上他画了一架飞机，得到了老师的赞扬，放学后他激动地拿着这幅画给母亲看,又得到了母亲的鼓励。这为他决定终生从事绘画事业埋下了一颗美好的种子。受父亲影响,丁中一对绘画的兴趣与日俱增,长大当画家的愿望也愈加强烈。

图1.2.1　连环画《队旗》封面

丁中一童年时还有一件令他印象深刻的事,就是父亲给他买了一整套图文并茂的少儿读物《儿童世界》。这套书里面有各种丰富的知识、趣事,还有绘画。长久以来他一直觉得是《儿童世界》使自己的童年过得更加充实和有趣味。后来他又热衷于看各式各样的小人书,且像追星族那样总是特别喜欢某几个连环画家的风格,并暗暗立下志愿——将来一定要出版一本自己画的连环画。不曾想这个愿望在他年仅14岁时(初三)便实现了。

这本连环画的脚本是他的同班同学余安东(现为旅居德国的著名建筑师)根据其父复旦大学教授、著名剧评家余上沅先生翻译的苏联作家波列伏依的反法西斯斗争的故事《团队的旗帜》而

图1.2.2　丁中一　《队旗》局部

改编的。丁中一每晚做完功课后便伏案作画。次日晨操时他便以手势给余安东示意：昨晚完成了几幅。经过不懈努力，丁中一共绘制连环画一百余幅，后来在北京人民美术出版社出版时删节为八九十幅（图1.2.2）。大概是因为这是唯一的一本由少年画给少年看的正式连环画图书的缘故，编辑先生特地在前言中对两位作者做了简单的介绍，特别称绘画作者丁中一为"天才儿童"。丁中一收到稿费后，做的第一件事是买写生架、画凳和水彩盒。不难想象这一切给当时的他带来的是怎样的精神激励！

可能是因为过早地立志，也可能是和大多数爱好绘画的人一样与数学无缘，中学时代的丁中一，最头疼的是周三上午那一连三节的大代数课，每逢这堂课他都如坐针毡，心绪总是飞出课堂。代数老师似乎也已看出了他的所思，冷不防地把他叫起来提问，丁中一如梦初醒，对所问也根本无以作答，只得当着全班同学的面对老师说了实话："我在想画画，没听。"老师听言，顿时显出一脸无奈，继而又以关爱的神情先嗔后笑地说："坐下吧，以后好好听课。"

那时每天下午的课外活动他都带着速写本在学校附近的码头等地作画，他的这些举动在大家眼里完全是不能理解的，也因当时的政治形势，而极易被保安部门所关注。有一天他刚画完速写从码头返回，经过一工厂门前时即听有人一声大喝："是他！把他带进去！"由于事发突然且对方人多，丁中一被强行"押"进了工厂的保卫科。极易冲动的他自知无过也毫不恐惧，双方发生了一阵激烈的争吵，丁中一说："我画的是码头工人。"对方说："那是我们厂的工人，我们厂保密……"当然这样的争吵不会有结果,最后厂方无奈,只得让其中一人与丁中一同回学校了解情况。厂保卫科的人刚离开学校,教导主任便笑眯眯地把他叫进办公室,丁中一问:"他们怎么说了?"主任说:"问你有什么意见没有?"最后教导主任说:"以后注意些,你回去吧!"这件事说明校方对丁中一痴迷绘画一事已是早有所闻,因而是一概报以会心一笑了。

三、勤奋刻苦

丁中一对绘画的爱好与痴迷主要表现在他的勤奋与坚韧不拔的毅力上。中学时,几乎每个周六的下午他都要去上海福州路的上海图书馆和中苏友谊书店等市内各大书店去看书看画册。为节省车资,他都是步行和坐车相间地往返学校和书店、图书馆,直至深夜才回到家中。在上海图书馆借阅外国画册时因不识外文,他常常请人指点后用心记下,待下一个周六再去借阅。每个星期天一早,丁中一便带着一叠64开的速写纸外出,待到画完这64幅速写,这一星期最美丽的帷幕也就落下了。每一个星期一刚开始,他就已经期待着周六、周日的到来了。

1952年春节的大年初二,瘦瘦的丁中一独自坐渡船过黄浦江去浦东农村写生。那个时候上海浦东的农民、农田与荒野都是他作画的最好素材。冬天冰天雪地的迷人景色常常是与刺骨的寒冷相伴,画笔上的水珠也顷刻成冰。为了驱寒,他不得不画上十分钟,便站起身来跑上十分钟。就这样画画跑跑、跑跑画画,老天也为丁中一的执着精神所感动。

令父母感到意外的是,有一天丁中一竟提着一个人头骨回家,因为他父亲是刘海粟的学生,是行内人士,在母亲惊恐之余,父亲一言不发地拿起头骨就去水龙头下冲洗,又用酒精认真地刷洗了一遍,最后在头骨的背后刻上日期,又刷上颜色,于是一排漂亮的绿色字迹显现在头骨之上。就是这个人头骨让丁中一很早便熟悉人的头部结构与特点,为他以后的人物画造型打下了坚实的基础。他常说:"我清楚人头骨上每一个大的特点与细节,所以我在画头像时总能心手相应,无论怎样虚实总不离谱。"

第二章　负笈浙美 中西兼修

1955年丁中一高中毕业后如愿考入中央美术学院华东分院(中国美术学院的前身)。西子湖畔的艺术学府景色宜人,钟灵毓秀……

一、从良师学 幸登桃李之门

翻开中国美术学院的历史,一些闪光的名字就会跳到我们眼前,如黄宾虹、潘天寿、林风眠等,他们不仅以卓越的艺术水平和高尚的品德成为后辈学习的楷模,而且还以对教育事业的无限真诚和真知灼见培养了一大批具有真才实学,能积极从事中国画创作和教学的人才。丁中一就是他们培养的优秀学生之一。

1955年,当时的中央美术学院华东分院还是五年制。绘画系撤销,彩墨画、油画、版画三科建系,丁中一进入彩墨画系学习。谈及当时对其影响深刻的导师,丁中一提到了潘天寿、颜文樑、吴茀之、诸乐三、顾坤伯、潘韵等老师,他们教授花鸟、透视、山水、书法、篆刻等。教工笔画的有宋忠元、顾生岳老师,教意笔画的有李震坚、周昌谷、方增先等老师,教素描的有周诗成老师,教理论与史论方面的有王伯敏、史岩、杨成寅等老师。丁中一在各位老师的悉心培育之下,加之个人天分、修养和艰苦努力,开启了他出色的艺术学习生涯。

著名画家潘天寿教丁中一花鸟课。潘天寿(1897—1971)原名天授,字大颐,号寿者。浙江宁海人。潘老师早年考入浙江省立第一师范学校,得经亨颐、李叔同指导。1923年至上海,常请教于吴昌硕,受其器重。先后任教于上海美术专科学校、新华艺术专科学校、昌明艺术专科学校等校,1928年起担任杭州国立艺术院国画系主任,长期从事美术教育事业,对现代中国画和书法教育的发展做出了巨大贡献。潘天寿老师历任国立艺术专科学校校长、浙江美术学院院长、中国美术家协会副主席、美协浙江分会主席等职,并被苏联艺术科学院聘为名誉院士。潘天寿在教学中,经常向丁中一等同学介绍五代两宋的"董、巨、马、夏"(董源、巨然、马远、夏圭)及元代吴仲圭(吴镇)、方方壶(方从义)等画家及他们的画作、画风,通过示范来分析髡残(石谿)、八大山人(朱耷)、石涛及吴昌硕诸家。丁中一认为潘老师的画取精用宏,博采众长,独辟蹊径,自成一家。特别是他的作品融诗、书、画、印为一体,笔墨雄浑,布局奇崛,意境高华,气势磅礴。潘老师有时还直接用手指蘸墨作画,画面竟然出现一种生涩凝练、古拙厚重的意境。所作苍松健翮,山花野草,新荷老梅,巨石修篁,无不生机勃勃,诗意盎然。

潘天寿作为现代中国画坛的艺术大师,杰出的艺术教育家,他的绘画、书法、篆刻、诗词都深深影响着求学中的丁中一。丁中一记得,潘天寿先生作范画时笔墨苍润,构图尤为讲究,其画简而入微,独存孤迥。他的作品所独具的阔大、雄奇、简约的构图样式,对丁中一影响最大。时至今日,丁中一的作品中构图格局始终有潘老的构图特色隐撑其间,尽管最终表现不同却隐隐然挥之不去!

丁中一上大学后与周昌谷先生交往较为密切,二人既为师生又是朋友。周昌谷(1929—1985),号老谷。浙江乐清人。自幼喜爱诗文书画,1948年考入国立北平艺术专科学校,毕业后留校任教。历任浙江美术学院教授、中国美术家协会理事、浙江美术家协会副主席等职。周昌谷先生对传统笔墨技法深有研究,尝潜心学习八大山人、石涛、徐渭、方从义、吴昌硕、黄宾虹等人作品,并远赴敦煌临摹壁画。对西方印象派、野兽派色彩亦有所汲取。周昌谷先生善于兼容并蓄,融会贯通,将传统花鸟画用笔移植于人物画中,用色和运墨也极见匠心。其画多以少数民族生活为题材,注重表现蕴藏在平常生活中的诗情画意,富有韵味,其代表作《两个羊羔》荣获第五届世界青年联欢节金质奖章。周昌谷先生对草书、篆刻也有精深造诣,他在现代美术史上与李震坚、方增先并列为开创现代浙派写意人物画的三个代表人物。

作为晚辈的周昌谷与黄宾虹、潘天寿等老先生交谊深厚,在传统绘画方面不管是人物还是花鸟都很出色。特别是他的书法,用功很深,并形成自己独特的面貌。他有着贯通中西的才华,能够把不管是中的还是西的因素汲取,为其所用,比如说印象派以及林风眠的色彩。丁中一说昌谷老师最大的一个特点,是基于对传统理念与笔墨的深刻理解,他有艺术语言的个性追求,用色大胆,直接用原色纯色。尤其是色墨混用,使作品在他手里更显得不同凡响,画面洋溢着鲜活之气。

丁中一记得当时上专业课的写生课，老师摆好模特，就指导学生用宣纸写生，木炭条起好稿子后就用毛笔来勾勒。周昌谷老师上课时还尝试着用小墨块画了一张水墨人体，其他大部分以线为主。当时，公认中国画以线为主，落墨的时候用线来落，而形是接近素描的形，这样画得比较准。老师们都进行写生，并且认为写生时形准是必要的，于是把素描结合进来，用线描对轮廓进行勾勒。老师们边教学边探索，后来转向单线平涂，五官等处用线条勾勒后运用颜色平涂，一段时间以后，又感不足，于是授课老师方增先提出了"大坡面"的画法，即把画平涂成一块有厚度感的色彩坡面，使脸蛋显得厚实，此后又在大坡面基础上增画了许多局部的小坡面，如上眼皮一笔，鼻梁上一笔，然后再平涂一遍，这就让脸上各个部位都显得立体、真实了。例如鼻梁中间画一笔，就像是圆柱体两边受光，中间是明暗交界线，能够使鼻子表现得更加立体。小坡面画法发展一段时间之后，大家又感不足，随后转为分面画法。

方增先（1931—2019），出生于浙江浦江西塘下（今属兰溪），曾任上海美术家协会主席、上海美术馆馆长、中国美术家协会常务理事、上海中国画院一级美术师、上海大学教授。1949年7月，他考入浙江杭州国立艺术专科学校。1954年春，由指导老师叶浅予、邓白、史岩、金浪带队，随中央美术学院华东分院和中央美术学院师生组织的文物考察队，赴敦煌千佛洞考察、临摹，为期三个月。在返回杭州的途中，北方农村麦收时节的场景给24岁的方增先留下了深刻印象，他由此创作了中国水墨人物画《粒粒皆辛苦》，合适的题材以及中西融合的技法创新，使这幅画作迅速传遍了大江南北。由此,当方增先教写意人物时,丁中一及同学们都学得非常认真!

方增先原本学习的是油画专业,但是他充分利用学院当时的教学资源,博采中外各家之所长,创造出一套融合西方结构素描法和中国水墨画传统的新颖中国画人物画表现方法。丁中一认为这种创作方法很好地解决了中国画的人物造型问题,在用中国传统的水墨材料创作具有鲜明时代特征和现实生活气息的人物画方面,方增先老师探索出了一片全新的天地,这也是中国画现代化实践过程中具有历史性意义的篇章。丁中一记得方增先老师讲中国人物画基础是"线性人体结构素描",它的形成是从法国明暗五调子素描法、苏联美术教育家契斯恰可夫的分面法到美国画家伯里曼的人体结构学,进而到线的结构法以及线的团块整体表现,这实现了潘天寿有关中国画必须以线为主的观点在现代人物画教学中的具体落实,是在推崇以明暗为主体的西方传统素描法外的另辟蹊径之举,成功解决了当时中国人物画表达的迫切现实需要。由于这套方法行之有效,易于掌握,受到丁中一等学生的欢迎和学校的重视,很快在美院的中国画教学中普及开来,之后影响到全国各地的美术院校,成为中国人物画教学的基础课程。而方增先也以其对于中国人物画现代化改造产生的重大影响,当仁不让地成为浙派人物画的奠基者和领军人物。丁中一在学习过程中体会到方先生在创作上解决了人物画的用笔问题、造型问题。方增先老师既吸收了西方严谨的素描造型方法,又跟中国文人画强调骨法用笔和中国画山水的关照方式结合起来,使人物画的造型达到了写实的高度,同时又发挥了中国画的特色。丁中一在老师的影响下，中西兼修地学习了西方严谨的素描造型方法，又研究了中国文人画强调的骨法用笔，这对他写意人物画的学习及创作产生了巨大的影响。

至今，丁中一还记得方先生上课时曾这样讲过，用线描来塑造人物形象是中国人物画技法的特点之一，全部依靠用线来塑造画面的人物形象，就是白描。现代中国人物画有时虽也运用明暗渲染的方法，但线描勾勒仍在画面中占主要地位。所以，在研究中国人物画技法时，首先必须弄清线描技法的一般方法。线是怎样产生的呢？一般说来，线描描绘的地方，一方面是物体的外轮廓，另一方面是外轮廓以内的表面凹凸处或转折处。比如要画一个半侧的头像，脸颊和脑袋的外缘就是外轮廓用线的地方，而鼻、眼、口、耳就是各局部的凹凸用线的地方。

丁中一在练习中发现不管是哪一种画，都必须在平面上画出物体的立体效果，中国人物画当然也不例外。立体效果是怎样产生的呢？自然界的物体，总是在光线的照射下，显出明暗和体积。然而，明暗的现象并不是引起立体的体积感的根本原因。物体的立体感，是因明暗和物体本身而产生物体体积的透视感。立体感，只有通过透视效果才能产生。为什么线描也能画出立体感呢？原因就在于用线描也同样可以画出物体的透视感。没有透视效果，就没有立体效果。画不出物体的正确透视，就显不出物体的真实立体感。只要正确地表现了物体体积的透视，不论用明暗法的素描，还是用线描的白描，都能画出体积的立体效果。当然，线描中的立体感和明暗法素描的立体效果相比，是不同的。明暗法的立体感，有较强的直观效果，而线描却往往需要借用一部分联想来丰富这种立体效果。例如一个半侧面线描头像，正面的一侧脸颊的鼓起感，是依靠另一侧的外轮廓的弧形而联想出来的。

丁中一在写生时体会到，人是一个结构十分严密的整体，所以在运用线描时，不但要正确地描绘人物外轮廓的长、阔、方、圆的比例变化，而且一定要结合轮廓里面的结构一起进行。也就是说，在画外轮廓的同时，要注意轮廓里面的各部位的透视关系。画任何一部分，都必须结合其他部位进行工作，如画鼻子时，要注意脸盘、眼睛及嘴等其他部分的位置及其透视。

想要以线描准确地表现人物透视中的立体感，需要了解人体的构造，这是为了便于理解，并记忆人体大体外形变化的规律，以便在写生与默画人物时更正确地表现对象。同时，也为了在描绘中能抓住形体的关键特点，不会被偶然的、细小的、隐晦的现象所迷惑。通过分析研究，可以在写生中看得更清楚，在默记中，记得更正确。

丁中一记得上课时方增先老师还举了一个古代"庖丁解牛"的故事：庖丁为梁惠王宰牛，落刀处，骨肉就纷纷分离开来。他眼睛看到某处，刀就指向骨骼的空隙，当遇到骨肉生长复杂的地方，用刀就特别慎重。他宰了数千头牛，一把刀用了十几年，刀锋仍然像刚磨过后那样锋利。这个故事说明，由于庖丁在劳动中掌握了牛的骨骼解剖关系，才能使技巧熟练到游刃有余的高度。当然，画画不是像生物学家那样去解剖人体。要了解的是人体结构形象的知识，尤其是了解人体的整体和每一部分骨骼肌肉及其所呈现出来的外形。譬如人的膝部，从外表看来是高高低低的,很难抓住它的关键。但是,我们若从内部来了解,就会发现,它主要由两个骨骼的交接处,加上前面的膝盖骨和外面的腱所组成。人体的外形看起来似乎很复杂,但是如果从大的块面的基本形去观察研究,就会发现它不难掌握。学习绘画时,可以先研究人的整体比例,再研究头部、四肢、躯干的结构特点,然后再深入各局部的结构中,就能准确掌握人体结构特点。

为理解和掌握人体结构知识,丁中一进行了大量的写生和记忆默写练习。他一方面买些有关人体解剖的书籍来看,同时不断进行写生和创作练习。他知道,大量速写和默写练习,是掌握人物造型技巧的关键。尤其是夏天,人们衣服穿得较少,观察起来就更直观,这个时候进行速写、默写练习,可以帮助练习者了解人体结构的规律。衣服穿在身上,贴肉的部分就显出体型。而每一关节的屈曲处常常出现衣纹的皱褶,所以画衣服一方面要交代出衣服的结构,同时还要注意衣服里面肌体的变化关系。不过,能画赤膊不一定就能画好穿衣的速写,技巧上仍然各有其妙,所以各种速写、默写都要画。当然,画速写不仅仅是为了锻炼技术,更重要的意义还在于通过练习来大量收集创作素材,启发自己的观察能力并帮助对于人物形象的记忆。

二、勤学苦练 功深心似镜

在理解质量感和笔墨技法的关系时,丁中一发现,棉花是轻、软、松的纤维质,铁块是坚硬而沉重的金属体,它们之间不仅外轮廓各有不同,而且在质感和量感上,也应有明显的区别。

通过练习,丁中一尝试用不同的笔法和墨法表现不同的质量感。南宋画家赵孟坚有画梅诀云:"浓写花枝淡写梢,鳞皴老干墨微焦。"表现梅树的老干、枝条和嫩梢时,就应运用焦渴、浓墨、淡墨等不同的墨色来表现。可见,不同的质量感是用不同的笔墨技法去表现的,是在各种不同的笔墨技法的对比中产生的。物体不同的外形轮廓,也能反映一定的质感。但要丰富它、强调它,就必须借助于用笔、用墨的多样对比。用笔的快慢、轻重、粗细,用墨的浓淡、干湿,以及各种笔法、墨法的混合运用,就会使物体的不同质量感,在不同笔墨对比中显现出来。

古代的人物画也是如此,如敦煌莫高窟第三窟的元代壁画《千手千眼观音像》。画像以墨色勾勒,色彩淡雅,造型蕴藉、庄重。特别令人称赏的是画面中用丰富多彩的线条描绘衣裙中带,运笔有轻重、虚实、深浅、浓淡,组织布局有疏密聚散,时而迂回婉转,时而酣畅淋漓,或如春蚕吐丝,或若行云流水。衣纹劲拔顿挫,如兰叶,如折芦,充分表现出丝绸织物那种细润柔软、轻逸飘举的质感和动感。人物面容、肢体则用挺拔遒劲的铁线描,自然匀称,丰满圆润,造型准确,细腻的肌肤如有生气,千手千眼的描绘一丝不苟。千姿百态,耐人寻味,形成了刚与柔既鲜明又和谐的对比。

现在的人物画在历史发展的基础上,笔墨的表现能力又有了很多新的发展。在古画中勾勒衣纹的画法,大部分只能表现宽袍大袖的古代服装,随着现代服装质感的丰富,笔墨表现也更加多样。丁中一笔下的人物,无论穿着单衣或棉衣,毛皮或绒线,都能被充分地表现出质量感来。人物画除了运用长短线的勾勒笔法外,也常用皴法。运用皴法的原理和山水一样,目的是使勾勒线内的物象具有更强的质量感。如利用它可以表现棉衣的较细皱纹,可以加强皮肤苍老的质感等。

例如在画搬运工人时,肩上的麻袋或木箱,草帽或衣服相互都形成了质量感上的对比。丁中一用粗重的墨线勾勒麻袋或木箱,再皴上几笔以加重质感,然后以渴笔细线表现草帽,而用挺劲的淡墨线表现布上衣,它们互相间就会因反衬而显出不同的质量感。其他如农妇的头巾和棉袄、边防军的皮毛帽和呢军装、钢铁工人的棉衣与汗衫、毛巾等等都可以利用强调质感的特征,使其在对比中显得更加鲜明、突出。既然粗糙与细腻,厚重与轻薄,只能是相对的存在,那么粗厚、干渴的笔墨虽宜于表现麻袋的粗厚,但如果画幅中其他物体也画上同样的笔墨,就会抵销了原来的粗厚感。这正像宋人用朱砂画的竹,仍感觉不到它是长着红枝红叶的竹子的道理一样。因此,不同的质感的对象,最好用不同的笔墨。反过来,相同的质感的对象,一定要用基本上统一的笔墨。但是,又不能把几种笔法弄得相互毫无联系,以至于画面出现相互孤立、整体散乱的现象。

通过写生,丁中一发现,绸、呢、皮革等材质的一个共同点是弹力强,在勾勒中要注意线条要含有弧形的弹力感,要韧而挺。所以用线条表现它们时也要注意轻、薄、厚、糙等特征。质轻的东西,用淡墨、较细的线去表现;粗糙的感觉用渴笔、颤笔去表现;厚重的东西用重墨、粗线去表现。但这说的只是一般概念,决不可当成死的框框。用公式去套,不但会把画弄坏,笔墨的表现力也决不会生动。所以作画时应该以自己的观察分析为基础,别出意匠地组织笔墨来更鲜明地表现对象。

这些组织线条的经验,总的来说是要求线在排列中,在条理和变化中,求得多样统一。丁中一称之为"乱而不乱""齐而不齐"。在一幅画中的笔法线条排列,要斜斜、聚聚、直直、曲曲有很多变化,但又不能令人眼花缭乱、头晕目眩。只有在乱中有条理,"乱"才能成为规律中的变化。这种变化,也是事物矛盾统一的规律在绘画形式中的体现。所谓齐而不齐,是指线与线排列中的参差长短问题,乱而不乱,是指线与线排列中的横斜聚直与交错问题。

自然界本来就有乱中有条理的现象。当丁中一在画一个被风吹着的农民的头发时,会在飘动的"乱"中,仍然保持原有的线条规律。当他在画一个有着整齐短发的女工时,工作中的女工头发自然出现一定的参差交错,而工作服本来是规则化的式样,穿在身上由于体积的透视及做动作时的扭动,衣服就改变原来的平整规律外形,出现高低、大小变化的外形和交错的衣纹。在描绘这些画面时,丁中一就会按其神态气质和体积质感的特点,运用线的交错规律进行表现。

在表现衣纹时,为了避免出现过分的平行线,他的第一笔和第二笔的方向就会有意变动一点。如果第二笔基本上与第一笔平行,则第三笔就尽量不能再出现平行了。总之,几笔排在一起的衣纹,不能画成像铁栏栅那样死板。在交错时,每两条线相交处形成的角度也不能几处都一样,比如三条衣纹相交,就有两个角,它们如果角度一样,就画成一把三股钢叉来了,这就不好看(绘画时三条线交在一点上,在衣纹中本来就是忌讳的)。另外,勾衣纹时要避免线的长短都一样,为此,丁中一总结出衣纹必须长长短短地出现,不然像鱼的脊骨刺一样,就不好看。当然,画其他物体的线条,也一样要尽可能避免平行。用笔时勾、点、皴,除了齐而不齐、乱而不乱的要求之外,还要注意用笔中的疏密关系,即所谓"密不通风,疏可走马",就是要求组织画面线群的疏密对比。疏密是相对存在着的,没有密的紧凑,自然显不出疏处的空灵。一幅画中,可以处理成用密线为主调,大部分面积都是密线群的风格,如古画《八十七神仙卷》中人物的行列,成排细密的衣纹就组成了一片灰色调子,只有人物的脸部,留有小块的空白。

丁中一在表现疏密对比的画面时,还注意在密处看松,空处看实。密处求空灵,这样就不会令人感到密实而窒息,另一方面也可以使它与疏处空白相呼应。至于疏处要充实,是指寥寥数笔在表现形象和艺术处理中要求安排得合适。同时依赖密处的反衬作用,使人感到疏松处空白能空得恰如其分。他着意于空白疏松之处,下笔时密处着力。比如米氏云山的烟云变幻无穷,都是在米点的衬托下出现的。

丁中一在写生人物时发现棉衣服细碎的皱纹很多,作画时用笔也就又多又密,接近山水画中的皴法,有时干脆用一大片皴笔代替衣纹勾勒,这时就会在密中求得空灵的效果。

画家在写生中,还会遇到两条线中间的空隙问题。这些空隙的大小,也就是线的疏密问题。估计空白大小的对比呼应,也就意味着估计线群疏密的对比呼应。空白形是长形、方形,还是三角形,也就是线与线之间的交错与平行问题。近似三角形的空白,用笔自然是交错的;近似梯形的空白,就偶有两线平行的因素。所以丁中一认为,写生时如果要使用笔不平行,有变化,就得注意空白不可相等,要多变化。在自然物中,相等的空白常常会遇到,写生时就设法避免它。比如画两个袖子、两个裤筒的大小,总是相等的,但由于人在动作中及空间透视中,甚至是某个物体的掩盖以及光线的作用下,这种相等的因素就完全消失了。作画时有意识地加工变化,就会形成更好的效果。

  人身上的衣纹皱褶很多,画画时如果一模一样地记录下来,不但不好看,而且连造型体积都会受到影响。丁中一会主观地对衣纹加工取舍,并注意两方面:一方面是按塑造体积较重要的地方画,如每个关节的衣纹,肩、肘、腰、膝及裤脚、袖口、衣服下摆等地方的一些皱褶。有时这些地方衣纹不明显,丁中一便努力把它们找出来,强调出来画。另一方面就是按画面效果好看与否的要求来画。如果衣纹出现得孤立、零碎,便一定要进行主观加工。短衣纹有时将它拉长些,没有线条而画面又需要线条的地方,也可以根据可能性把线加上去,将其明确。

  丁中一认为衣纹的用线应当勾描在每个皱褶的边缘,两笔即可勾勒出一条隆起的立体衣纹。衣纹的尾端,一般消失在肢体转折的高起部分,或肢体的凸起部分。这些都是衣纹的规律,每条衣纹,不论用笔繁简,他都会弄清它的来龙去脉。落笔前,把全身衣纹排列,做一个大体的估计,这样一件衣服画起来,就可以一气呵成。

  有时候丁中一也用没骨法来表现衣服,他按衣纹结构来用笔。用笔时注意笔意交错得好看。需要注意的是没骨的用笔,不可太湿烂,笔迹要清晰。没骨法画衣服的用笔起讫,有些近似用线，好像是扩大了的线，相互涂出一个面积来。所用的毛笔大小，也要预先估计一下，如果笔太小，容易散乱。画时可以先从领口开始，也可以先从袖口向上画，或自胸部向四周发展。一般都是从前面的部分先下笔，以便使墨的干湿、浓淡结合整体的前后虚实进行。用没骨法画衣服不能画得太平板，也不能画成一块浓一块淡以至于没有整体感。笔与笔之间还要留一些小飞白，以便使笔迹显出走势，同时也是为了在大片墨色中，留有松灵的地方，不至于死板。没骨的棉衣，在画完第一次墨色后，可以再用乱笔皴出皱纹。当遇到衣服上多样的花纹，根据需要丁中一会用多样的画法去表现，可以用点，可以用圆，可以描线，可以勾勒，也可以用没骨法；还可以用破墨法，也可参用皴擦；或先用胶水点画，然后染地，以显出空白的花点等等。重要的是，花纹用笔要统一，而且要和衣纹勾勒相互配合。同时，还必须注意体积和透视问题。

　　除了用线的经验技巧外，丁中一还总结了用墨的技巧。墨色运用得好，对于作品的成败，有很大的影响。许多水墨效果，都能在墨稿中显现出来，所以要利用笔墨充分地表达，决不能死板地按轮廓填勾。一切用笔都应与用墨同时进行。用墨技巧，就是运用墨的浓、淡、干、湿特点去表达。墨有浓淡干湿，才能给画面增加黑白层次的色彩感，所谓"墨分五色"，就是说墨色可以画出五种层次，暂不去管它五色的原义，古人是怎样讲的，丁中一认为应该理解为能分出很多层次的墨色。

　　墨法是传统国画中的一种用色方法，所以丁中一在作画时非常注意用墨。墨的基本变化是焦、浓、淡、干、湿，浓淡与干湿又相互有联系，焦、浓的容易出现干渴效果，湿的墨也常常是较淡的墨。所以焦、浓、淡、干、湿都与水的含量有关，也与每一种宣纸的性能有联系。丁中一认为用墨之妙，全在用"水"，水的巧妙是在自己不断练习中体会出来的。譬如同是湿笔淡墨，含水较少和含水量饱满的用笔，画在纸面上就会出现很大的差别，不但渗化开来的墨迹大小不同，而且，渗水的痕迹也可能会呈现两种效果，有的水渍是毛的，边缘有浓淡变化，有的却只是平板的水墨印子。又如用破墨法，由于破墨时纸上原墨渍的干湿程度不一样，或用笔时快慢不同等原因，也会产生很不相同的后果。总之，要使墨色鲜丽滋润才好。

经过大量练习，丁中一感觉一幅画中的墨色浓淡变化，基本上可分成两种，一种是浓与淡的强烈对比，如画一个工人穿一身淡墨的工作服，和一头浓墨的头发，这种对比，画时必须通过两次调墨和蘸墨来呈现。即画淡墨衣服时调一次墨，画头发时，再调一次墨。另一种是浓淡的细微起伏，如淡墨的衣服它并不是像铁板一样的平面，仍有浓淡变化，但这变化是微弱的，有限度的，也是细腻的，它只能在淡的基本调子范围内进行变化。如果将墨色的浓淡，从深至浅分为"一"至"十"十个层次，则头发就用"一"至"三"的浓度去变化，而背心就用"七"至"九"的浓度去变化。头发或背心本身墨色的细微变化，必须预先在笔头上调好，下笔时一次完成，这就必须重视蘸墨的技巧。比如画背心时，笔尖是自"七"逐渐向笔根淡至"九"，则画时一连数笔，就产生自"七"至"九"的墨色细微变化。这种墨色不可能通过调数次墨拼凑出来，在笔头蘸墨时，不能调和得太多，不然，墨色太均匀,就会单调乏味,所以如何调墨,必须在实践中掌握。

另外是墨的干湿问题。墨的干湿变化可分为三种情况:一种是干与湿的大块对比,比如画湿笔的背心和干笔的头巾。这两种干湿笔对比,必须以两次蘸墨来完成。画背心时,笔头吃饱墨水。而画头巾时,笔头要揩得较干才开始画。另一种是无论用干笔画头巾或用湿笔画背心,其本身仍有一定的干湿变化。这种干湿变化,是由于用笔的快、慢、轻、重,加上画时笔头含水的逐次减少而产生。再一种是:可以干湿墨两次积加,先以干浓墨画出第一次线,等第一次用笔干了,再用淡湿墨覆加,这就在一处产生干湿两种不同的墨色层次。

通过大量实践丁中一发现,浓墨易突出,有分量,易显得沉重老辣,但也可能产生生硬、枯燥的后果。干笔易毛,易厚,易松灵,但也容易显得枯燥乏味。淡墨滋润,但易流于轻薄。湿笔湿润清新,但用笔也易肥烂,弄得满纸墨猪,不好收拾。所以开始作画时,就要考虑画面的墨色布局,求主次,求对比,求平衡,求呼应。在整幅画面的墨色布局中,先考虑大的对比,然后在整体中求得局部的墨色变化。如果画幅中产生满幅刺目的斑斓,可能就是缺乏整体感的原因。

墨色的主次问题,也就是一幅画中墨团块面积的大小、聚散和深浅问题。它们都要有主要部分与次要部分之区别。墨色还要注意画内四周上、下、左、右的平衡。

所谓墨的聚散要有主次,就是指画内有很多小块墨团或墨点,丁中一说如果把它们平均地散在画幅四处,也不好看。要使它们有集中有分散,有密集有稀疏。

所谓墨色深浅问题，就是指画内各团块之间，墨色深浅有主次，有层次。即画内有最焦浓的墨团，也有次浓的墨团，还有逐次减淡的墨团。这一点作画时很重要，尤其在人物创作中，如不注意，就会平淡乏味。譬如画内只有一个人，头发是最浓墨，背心是次浓墨，裤子则用淡墨等等。如果画幅内还有背景工具等物品，它们的墨色就要与人物一起来计划。

所谓墨色的平衡，是指画内墨色布局中的平衡问题。分布墨色的时候，要注意到画幅上、下、左、右各部分的轻重平衡。譬如一幅立幅作品，如果上半幅全是浓墨、焦墨，而下半幅却只有几点清淡墨，就变成头重脚轻而站不稳。假如上半幅的浓墨之间还留有空白，而下半幅的淡墨点染外又加上几条粗而浓焦的墨线，就会上下有呼应而得到平衡。所以，要求平衡，并不是要画得上、下、左、右都一样，要既有对比变化，又有呼应。当然，这里说的呼应、平衡，绝不能脱离画的内容而单纯从形式上着眼，必须根据内容的需要去进行加工。

丁中一的老师方增先曾说，墨法中的积墨与破墨，最初在山水花鸟中运用，在清末画家任伯年的画中，可以看到他已利用破墨法来表现衣帽。现今的人物画作者常常用该墨法作画，在表现体积、质感和水墨的变化上，可以收到很好的效果。比如在画棉衣时，丁中一会先用淡墨画没骨的底，趁湿用干焦墨破淡墨勾勒衣纹，并结合皴擦；画毛皮衣帽也以淡墨作底而趁湿以焦墨笔皴出毛的质感来，这都是浓破淡的技法。如果先以浓墨乱出毛皮帽的基本形，再以淡墨水趁湿冲化出毛的质感，或以浓淡墨一起相互渗破皴擦棉衣皱纹，也可以说是以淡墨破浓墨法。

至于积墨,是自淡至浓在一处一层层地积点、染上去的。有时画老棉袄,先画淡墨底,稍干再皴稍浓墨纹,干后再加浓至焦的皴擦、点染,可以把这件老棉袄画得又厚又重。

丁中一在写生人物时逐步体会到,用笔用墨的最终目的,还是为主题内容服务,对于具体的各种内容,各种主题的画面,都必须按其特定的内容找出其特殊的处理方法和笔墨技法。如此,这些方法才能按特殊规律进行有效的运用。有时,为了主题的需要,完全突破既成的框框,是常有的事。总之,形式是为内容服务的,不顾内容而片面强调形式,或死套一些技法中的一般规律的做法,就很难达到预期的效果。

三、博采众长 中西兼修

1956年,山水画家顾坤伯调入中央美术学院华东分院。顾生岳从院素描教研室调入彩墨画系,从事中国画专业教学和研究,丁中一工笔人物课程的教学工作就由顾生岳和宋忠元两位老师负责。顾生岳1927年生于浙江舟山。祖籍浙江镇海。1949年考入上海美术专科学校,毕业后进入中央美术学院华东分院(现中国美术学院)深造,1952年毕业留校任教,1983年晋升为教授。历任杭州市美协主席、浙江美术学院中国画系主任、浙江画院副院长、浙江人物画研究会会长、中国工笔画学会顾问、中国工笔画艺术委员会副主任等职。顾生岳初习西画,后攻中国画。擅长速写和工笔人物画。

在丁中一的求学过程中,顾生岳老师给他的最大影响,就是对速写练习的重视。顾老师上课时特别重视速写练习,因为他认为速写不仅能锻炼学生快速造型和收集创作素材的本领,还能促使他们到生活中去发现美表现美,提高抓神情和动态特征的能力,以弥补课堂作业的不足。而且通过速写还能锻炼学生的艺术概括能力,提高线条的表现技巧,这对绘画专业的学生来说尤其重要。所以丁中一把速写作为造型基础课的一个重要环节,贯穿在整个学习过程之中,这为以后的人物画造型打下了很好的基础。顾生岳老师在教素描、速写时力求与中国画专业结合起来,以线为主,注重结构要点的刻画和深入表现,灵活运用适合中国画的笔墨语言。丁中一认为顾生岳老师的速写与浙派意笔人物画很接近,这是因为他在速写表现中注入了中国画"写意""传神"的笔墨精神。顾生岳工笔人物画教学则力求摆脱几百年来陈陈相因和日趋纤细浮薄的积习,主张远追汉唐高简、凝重的格局和开拓精神并汲取外来艺术之长。其工笔人物兼取中西绘画而自成一格,洗练纯净,浑朴典雅,注重表现人物形象的精神内涵。创作上强调在时代和人民生活的基点上营造个性化的艺术语言。

丁中一眼中的顾生岳老师为人质朴忠厚、和蔼可亲,对每一位同学都很真诚,在教学上无私地言传身教,深受同学们敬仰。顾生岳的工笔人物画创作感情真实质朴,严谨中包含深刻,细读整体中又不失机趣的表达,让人于无形中顿生隽永之感。顾生岳的人物画创作在当时备受瞩目,他的作品具备了非常坚实的写实人物画造型功底。这也是他在改革初期能以写实人物造型方法结合中国传统绘画以线造型的特色,以塑造新时期现实生活中的人与事的根本原因。顾生岳在创作中抽掉了西洋素描中的体、面因素,而单纯以线塑造具有体、面感的人物画;在传统绘画用色的基础上又融入西画的色彩方法,表现了现实生活中丰富多彩的色彩感觉。正是像顾生岳这样的老师和中国人物画家的锐意改革、创新、探索、实践,才使今天的中国人物画达到了新的高度与境界。

在求学期间,丁中一还喜欢上王伯敏老师的理论课。王伯敏(1924—2013),浙江台州人。中国美术学院教授、美术学博士生导师,著名美术史论家、画家、诗人。别名柏闽、田宿繁等,斋号半唐斋。原为黄岩阮氏儿子,后来因为家里穷,被温岭城中王家抱养。读小学时即喜欢绘画,并爱好国文诗词。1942年考入上海美术专科学校,1947年毕业后进入国立北平艺术专科学校研究班深造,为徐悲鸿研究生。1952年7月,经恩师推荐,王伯敏调入中国美院前身的中央美院华东分院任教,住在西湖边栖霞岭19号,与黄宾虹为邻,成了黄宾虹的关门弟子。黄宾虹送给他八个字:"写史要实,论理要明。"王伯敏就是按照恩师送给他的这八字真言努力攀登的。拜了名师,按道理王伯敏会专攻恩师擅长的山水画,不过经过仔细考虑,他最终决定专攻美术史,兼学山水画。王伯敏针对中国画的时空概念,创造性地提出:步步看、面面观、专一看、推远看、拉近看、取移看、合六远等"七观法"。既是对传统山水画的重要总结,也有助于新山水画的创新、提高。

在丁中一看来,王伯敏老师的教学独具特色,主要表现在以下三个方面:第一是严谨扎实的教学态度。自担任中国美术史教师以来,他翻阅了各类中国美术史典籍,跑遍了各地的图书馆、博物馆，搜集了大量翔实可信的文字素材。在此基础上系统地编写了中国美术史讲稿。同时，他还重视加强形象化教学，其讲稿中附录的中国美术史图片，由小张换大张，由单色换彩色，从原始社会到民国，力求完整而全面。他的教学讲稿后来经过进一步扩充整理，形成了现今许多美术类院系教学必备的参考书——《中国绘画史》。第二是在教学中注重运用最新美术史研究成果充实其教学内容。他认为中国美术史的教学是发展着的。作为教师应该把当前一些研究中国美术史的新成果及自身的研究成果介绍给学生。他反对教师照本宣科的教学方式。第三是注重对学生学习方法的传授。他认为学生在学术研究上要厚积而薄发，他严格要求学生在一、二年级应静下心来认真潜读中国美术史古今论著。重要的书要仔细研读，其他的书若来不及读也要一本本浏览一遍，收藏于各地图书馆的中国古代美术史典籍也要尽力翻阅一遍。在学习的过程中，他要求学生坚持做卡片、记日记。他常引用古人的话说"不动笔墨不读书"，认为读书必须动笔，只有做到眼读、手读、心读，才能真正把书读懂、读透，"做学术卡片，不仅对记忆有帮助，更重要的还在于对学习和研究有促进作用"，王教授的许多论著就是在平时卡片的积累中形成的。王教授还要求学生平时多外出考察，认为"不行万里路，等于废弃自己的耳目"，在考察途中也要时刻不忘做卡片、记日记。这种学习研究方式使丁中一在艺术道路的探索过程中受益匪浅。

1957年在潘天寿先生的促使下，中央美术学院华东分院正式恢复并成立中国画系，其前身曾是国画科和彩墨画系。中国画系,是以研究中国绘画创作为主攻专业方向的教学与研究单位,此称谓沿用至今。1958年6月,中央美术学院华东分院改称浙江美术学院。吴茀之为中国画系负责人。中国画系设立中共党支部,李嵩任书记。

潘天寿、吴茀之等提出中国画系分设人物、山水、花鸟三科的建议,并积极提出教学方案和聘请教师的意见。李嵩执笔起草教学方案,并去上海等地选调陆抑非等老国画家前来任教。后来中国画系设有中国人物画、中国山水画、中国花鸟画、中国画综合四个专业方向。中国画系秉承潘天寿先生倡导的"高峰意识",以弘扬民族传统文化为己任,以分科教学为特色,同时,也延续了林风眠先生的学术思想,在中西融合的基础上,不断探索新型的中国画发展路径。通过几十年的教学实践,积累了丰富的教学经验,建构起一套完备的由传统向现代转变的现代中国画教学体系,采用"稽古拓今,赓续文脉,两端深入,两段递进,交叉发展"的人才培养模式。在这样的氛围之中,丁中一及同学们受益良多。

两端是指纵横两个侧重面,即传统绘画的历史演进和当代绘画的潮流拓变。作为中国画人物、山水、花鸟三个学科方向,秉承中国传统绘画一脉,基于传统文化,探究经典绘画,传承民族绘画,以史为鉴,纵向发展。作为中国画综合专业方向,兼顾近现代中西绘画的发展态势,融合多元文化,立足本土绘画,创新时代绘画,兼容并蓄,横向发展。

两段是指将本科一贯式教学按学年改为两段式教学,第一学年为国画系基础部。即新生入学后,进入基础化教学阶段。

这一阶段不分专业方向,针对中国画相关基础知识与绘画技艺,制定教学计划及教学内容,根据人数编班,施行统一平行授课。至一年级第二学期结束,依照学院的分流办法,进行专业分流,分流后,学生分别进入各专业学科工作室学习。这是专门化学习阶段。学生从二年级开始,根据不同的专业学科方向要求,依据教学大纲,有计划、有步骤地深入学习。

在课程设置上,主要围绕临摹、写生、论文、创作四部分内容循序渐进地逐级推进。形成"两点一线,两面开花"的中国画教学课程设置体系。两点,即基础训练的两个侧重点,临摹和写生;一线,即本学科的人文历史发展脉络;两面开花,即通过对学生有针对性地阶段训练,使其在理论素养和创作实践两个方面,都能取得良好的教学效果。

在教学内容上,自本科二年级开始,依据不同的专业学科方向,其内容各不相同。但都兼设中国画论、书法、诗词题跋等同类人文素养课程,只是在学习要求上,各有侧重。如中国画基础阶段设如下课程:书画常识、书法、素描、线描、写生、古画临摹、理论基础等;中国画人物方向设如下课程:人物素描、速写、白描、工意笔临摹、下乡写生、论文创作、书法、画论、诗词题跋等;中国画山水方向设如下课程:传统山水画临摹、下乡写生、论文创作、书法、画论、诗词题跋等;中国画花鸟方向:白描花鸟、古画临摹、工笔花鸟、没骨花鸟、写意花鸟、下乡写生、论文创作、画论、诗词题跋等;中国画综合方向设如下课程:素描、变体临摹、联想式写生、构成、意象视觉创造、主题性创作、新画论、古今诗文、东西绘画比较、表现语汇与材料等。科学合理的课程设计,使丁中一在读大学的每一天都沉浸在艺术的海洋里,格外充实。

  1960年7月,丁中一在浙江美术学院中国画系圆满完成学业,西子湖畔人文环境的熏陶和潘天寿、周昌谷、方增先、吕凤子、陆俨少、沙孟海、陆维钊、陆抑非、顾生岳、宋忠元、王伯敏等书画大师的教诲,尤其是20世纪50—60年代新浙派崛起,李震坚、方增先、周昌谷等人将传统水墨和西方素描的结构造型相结合,在写意人物画教学中既重视写实造型,又讲究笔墨意趣等等,深深影响了丁中一的艺术生涯,为他今后艺术创作和个人风格的形成,打下了坚实的基础。

第三章　艺苑耕耘 化育英才

大学毕业后,丁中一先后在郑州艺术学院、上海市美术专科学校(今上海大学上海美术学院)、河南大学艺术学院等高校任教。半个多世纪的艺海耕耘,让他从一个英俊的青年助教成长为一名深受学生爱戴的知名教授。艺苑耕耘,化育成才,李伯安便是他引以为豪的学生,画苑奇才。艺术究为何物?他能为人类做些什么?人类为何需要艺术?人与万物究竟略胜一筹在哪里?丁中一说,这些问题在李伯安的画中可以找到答案。

一、那个他引以为豪的学生

1960年8月,丁中一来到河南工作,适值国家遭受特大自然灾害,日子"低标准,瓜菜代"。一个上海青年只身来到北方的他乡又遭此境遇,其心情可想而知。当时"改造思想"又为头等大事,除却教学,下乡劳动是锻炼,挖、吃野菜更是改造。那是一个寒冷阴沉的冬天,他们外出劳动,中午拿到的午餐是大米饭上盖着黑色的野菜(荠荠菜),此时的丁中一手捧饭碗,低头不语,不敢吃,后来偷偷瞧瞧旁人,心中暗想,假如别人能吃而又无大碍,那我吃了也不会有事,遂以快速法结束了此顿午餐。为让大家渡过难关,学校食堂会在每周末开出一张一周的用餐自选单(主要控制口粮)。每每在餐单上打钩时丁中一的心情总是很沉重。一天在餐单上打钩时,他的眼睛突然一亮,餐单上竟然有"鲤鱼穿沙",他当即预订了两份。那天下午丁中一还收到了家里寄来的粮票,他高兴极了,便约曾是大学同学的王威老师一起上街美美地饱餐了一顿(那时候有粮票才能就餐)。及至回校,食堂也已开饭。可是,等"鲤鱼穿沙"上桌,他却大跌眼镜!什么"鲤鱼穿沙"?分明是两大碗"面片清汤"!虽然已经饱餐,虽然是"名不副实",但他照喝不误(不喝是天大的浪费),这样的后果是:额头冒汗,腰腹部撑得动弹不得!他又是害怕又是难受,只得屏息挺肚地慢慢向餐厅门口移步。心里还七上八下地担心:这年头人家都是饿死的,何以唯独自己是撑死的呢?!实在背时和天理难容……好在出得餐厅不久他即上了茅厕,这才拣回了一条命。

　　生活的艰难并不影响丁中一认真教学,他十分热爱自己的工作,爱护自己的学生,至今他还记得刚入职教过的第一届学生李伯安。李伯安(1944—1998),河南洛阳人,1962年郑州艺专美术系毕业,1975年后先后在河南人民出版社、黄河文艺出版社、河南美术出版社任编辑。1959年,15岁的李伯安陪一同学报考郑州艺专,结果自己意外地考上了。1960年他在艺专学习期间结识了丁中一老师,二人在看俄国画家列宾历时十余年完成的巨作《查波罗什人写信给苏丹王》时,李伯安感叹地说,一辈子能画这样一张画留传于世,就不虚此生了。穷且益坚,不坠青云之志。不管处境多么窘迫,李伯安始终紧握手中的画笔,他在丁中一老师的鼓励下经常深入乡村、街道写生。底层百姓的苦难生活的磨炼,为李伯安的艺术创作提供了大量素材。后来,李伯安创作的国画《巩县老农》被中国美术馆收藏,连环画《新娘子抬轿》入选第六届全国美展,《名将粟裕》入选建军六十周年全军美展。李伯安注重广采博纳,融会中西,这大大地丰富了国画人物艺术语言的表现力。李伯安尤为痴情和擅长绘画北方最底层农民的形象,画风往往老辣而豪放。毕业之后,他历时十载创作的人物长卷《走出巴颜喀拉》,是以中华民族的母亲河——黄河作为创作构思依托,采用群像构图,从黄河之源圣山巴颜喀拉开始画起,通过一组组苍茫凝重的艺术形象和浩然大气的节奏安排,通过极具个性化冲击力的厚重笔墨,来寄寓大河东流去的万古豪情。作品长卷以它高远的立意、恢宏的气象、精湛的刻画和独具个性的艺术语言,当之无愧地跻身于中国人物画经典作品之列。丁中一认为李伯安的画越过了传统的枷锁,已走向艺术技巧的综合大殿,他的起步不仅仅只限于线的概念,他的艺术成就,源于生活,源于勤奋和天赋,而勤奋,无疑是成功的催化剂。

丁中一回忆李伯安的画作,给他带来的强烈感受首先是作品强大的震撼力。丁中一认为,这种震撼力可以说在传统的中国绘画中是不曾见到的,在近现代的中国绘画中也是不曾见到的,甚至徐悲鸿的中国人物画、蒋兆和的《流民图》等,冲击力也都不能与之相比。所以尽管刘勃舒先生曾冠以"空前绝后"四字,尽管也有人对"绝后"表示不尽苟同,但"空前"两字则是绝大多数人所接受的。

刘国辉先生曾经这样评价李伯安的作品:"李伯安的画告诉我们绘画创作究竟为何物,它的功能究竟能达到何种境地,凡此等等都能从李伯安的画中获得解答。"丁中一认为,这是抓住了主题与本质的评析。李伯安的画,已经超越了我们通常所认为的对美术作品的需求——"欣赏"两字的含义。丁中一感慨道:在他的画前,我们已远不是在欣赏了,而是一切有关艺术的话题都在此得到了升华,观众的思想也都随之升华了,许多许多的艺术议题都开始从以往的朦胧中变得真切,变成可以捉摸的存在了。甚至可以不无夸张地说,以往在理论界长期以来的那些"喋喋不休"如今都变得多余与苍白,一切的一切都从只可意会变为更加可以言传了。

丁中一认为,在教学或者说在学习过程中,基本功训练应该是如何或尽早与艺术追求相贯通,所以大多数人首先是拼命地学习绘画基本功,而这个阶段和他以后的艺术道路究竟有何关联一直是个未知数,或者说这两者在很长一段时间中是截然分离的。而李伯安则很早就把两者贯通起来了。李伯安是有写实基本功的,但是他在与此同时的一种创作表现欲望似乎不仅仅是本能的,而是受一种使命感驱使所导致的。在丁中一看来,这不是一般意义上的政治使命感,那是一种自觉不自觉的内在的艺术驱动。他对所要达到的艺术境界的追求与驱使,是源于想强烈地表达民族的博大雄奇、中原文明的魅力无限。这就是说,李伯安在学习阶段就不知不觉间与艺术使命感相结合了,这对大多数人来说是很难做到的。

丁中一认为李伯安是有艺术个性的,而且十分强烈,但这种艺术个性并不仅是表现在一笔一墨的风格上,或绘画手法的与众不同上,而是一种民族魂魄凝聚于一身,并使之升腾的个性,是在共性基础上的个性张扬。这与当前不少人所强调与追求的艺术个性化是有天壤之别的,特别是有些受西方现代艺术思潮影响的所谓艺术个性,追求的却是超人性的也就是背离人性的艺术个性化是有本质区别的。

在分析李伯安作品创作中的继承与革新、传统与现代问题时,丁中一认为,李伯安没有抛弃和背离传统,而是发展和改变了传统。李伯安是在很好地把握或者说非常适度地把握传统的基础上,又向革新走出了一大步。首先,李伯安始终以墨为主,但他把古人的墨分五色,表达得更加丰富和强烈了,而且高度概括,特别是他发挥了墨色的最强音,这不能不说是在学习传统的基础上,又吸取了西方绘画特点的结果。另外,李伯安的作品中整体且强烈的表现力,也吸取了西方雕塑中整合的体积感和力量感,这才使他的作品与笔墨达到了超乎前人的力度感和震撼力。他又把传统绘画中只突出主题和计白当黑的常见手法,一反其道,转而将传统绘画中常见的空白代之以实或以物或以墨予以填充,这不仅增强了作品的力度,而且一改传统绘画常常未能很好地把握大幅度作品整体调子的不足。他的这种以黑补白的画法和对大场面整体调子的把握都得益于西画之长,并且使他的作品更具现代感,呈现出一种现代的精神与力量。丁中一认为,这为如何更好地做到中西结合、西为中用以及站在什么基点上结合做出了很好的范例。在丁中一眼中,李伯安的国画创作是在西为中用的问题上表现得最大胆、最集中和最得益的一个案例。在这点上,观者在他的画前只有启迪和思考,而无须争论。

对李伯安的笔墨表现手法，丁中一有过认真的分析。他认为李伯安创新地把传统绘画中多见的线条之阴柔多变的书写性，一改为直接表达对象和为作品的力度服务的用笔方式。主要以中锋用笔，但常常为表现对象的丰富性辅以扁笔中锋画，既有力量又有真实的空间感。所以虽大量吸取了西画的某些艺术表现力，但又始终未放弃传统绘画中笔墨的运用特色——始终以中锋为主，且从不减弱笔墨的功能，相反加强了笔墨的表现力。同时，又加以干笔皴擦的肌理制作——这种笔墨的书写性与创作手法，做到了两者适度结合，使他的作品力量与现实感得以升华。

虽然丁中一是李伯安的老师，但实际上他们更多的是画友的情谊，彼此间尊重有加。李伯安在河南大学艺术学院美术系学习时，丁中一除却"手把手"之外，可能更多的是作为人师的品格、精神、对艺术的执着以及品位等无形地影响着他。丁中一认为李伯安的进步乃至成功主要靠他自身的努力。丁中一眼中的李伯安性格十分内向，为人处事十分谦虚，寡言且轻声，常给人疲惫和力所不支之感，然却更显其恳切和真挚。跟他交流画技上的事，他也能率直以答，并无居奇思想。如果说艺术的价值何在，丁中一认为李伯安身上的这种真挚是艺术的根本。倘若只是把画画作为一种获利的手段，那他终不能成为艺术家，只是当前这样的人多了些，搅浑了艺术界及其认识，致使不少艺术从业者误入歧途。

回忆李伯安这个关系特殊的学生的艺术人生，丁中一眼眶湿润，唏嘘不已。李伯安十年里潜心于自己内心这份不可遏止的激情,细细体味他画中的每一个造型乃至每一根线条与墨色,都可谓直接由他的心底喷发而出的。他也讲表现与技巧,但它们都被融入了激情之中。真不知究竟是他驾驭激情,抑或他被激情所驾驭?此时的他才是真正地进入了艺术的殿堂——一个真正艺术家的境界。一个身躯如此清瘦羸弱的书生,竟以如此漫长的岁月,一天天,一笔笔,历尽艰辛,呕心沥血,为艺术耗尽了全部体能所及的能量。因而,丁中一认为只要李伯安的画在李伯安也就在,他就在那里,让一代代人瞻仰并从中获得激励与力量。艺术究为何物?他能为人类做些什么?人类为何需要艺术?人与万物究竟略胜一筹在哪里?李伯安的画回答了这一切。而他的画也使众多的"玩家"汗颜。今天的种种"观念"如此之多,但却都不曾想过"观念"究竟应围绕何物而存在?丁中一认为正是李伯安的画引发了我们做如是的思考。他让我们从混沌中清醒过来,重新审视航向,继而驶向更加美好的未来。

二、桃李不言 下自成蹊

1962年,因"经济困难",郑州艺术学院停办(同年,河南省高校调整,郑州艺术学院并入河南大学成立艺术系),丁中一与另两位上海籍老师返回上海,临时到上海市美术专科学校担课。当时画家陈逸飞就在上海美专求学,同时期,后来曾任上海油画雕塑院院长的陈古魁先生还曾回忆说:"丁先生当时的讲课至今印象深刻,所述内容决非一般,不可低估。"那时的丁中一是刚出茅庐的一位年轻后生,"白面书生"的雅号至今令大家铭记不忘。1965年丁中一返回河南。

由于丁中一在专业上涉猎较广且深,所以在几十年的美术教学工作中他所任课程除中国画专业(人物、山水、花鸟、工写)外,只要教学需要,他都能义不容辞地担当。例如,作为绘画基础的"素描""速写"以及"创作"等课程,他都有极丰富的教学经验与独具见解的教学内容与方法。丁中一在学生中享有极高的声誉,画家陈天然先生曾给予他"有口皆碑"的高度评价。

作为高校美术教师,丁中一为河南乃至全国培养了许多优秀人才,除了李伯安、马国强,还有王宏剑、王颖生、张江舟、马岭、张建伟、袁汝波、彭西春、杨建生……

现为中国画学会副会长、中国国家画院研究员、河南省文学艺术界联合会名誉主席、河南省美术家协会名誉主席、河南省中国画学会会长,曾任全国首届、二届、三届、五届中国画线描艺术展评委会副主任等全国重大美术展览评委的马国强,1952年生,1975年毕业于河南大学美术系中国画专业。丁中一是马国强的授业恩师。在丁中一的悉心指导下,马国强圆满完成学业后投身艺术界,目前已成为我国水墨人物画坛具有重要影响的实力派画家,是中原画风的首倡者和领军者。他坚持创作面向传统、面向生活,坚持写实,坚持水墨本体语言的探索和研究,以速写入画,形成了生活气息浓厚、构图严谨饱满、造型准确、生动自然、用线灵动飘逸的水墨人物画风格。马国强内心里始终对恩师丁中一十分崇敬与感激。在他看来,丁中一是一面飘扬在河南美术界、令人仰之弥高的猎猎旗帜,是一位艺贯中西、笔兼南北,最终在国画人物、山水创作上个性突出、成绩卓著、影响广布的优秀画家,是一位自甘从繁华的黄浦江畔徙居黄河故道、数十年如一日默默耕耘于三尺讲台、弟子三千且英才迭出的资深教授！一句话，在中原画坛，丁中一是一位无论如何也绕不过去的标志性人物！

马国强时常忆起他和丁中一老师那件过往趣事。

1974年他和丁老师合作创作烙有时代印记的中国画《柳下跖起义》，画至夜深，两人突然烟瘾大发而欲购无处，师生二人遂在画室地上四处寻找剩烟头。每回想起当时的窘态和温馨场面，马国强都不由得笑起来，50多年的忘年交、师生谊，犹如一组杂沓的电影镜头，叠加错陈。

图 3.2.1 丁中一《阿克苏的维族老汉》

当年刚刚接触国画的马国强，对丁中一早期的一批国画人像写生作品印象深刻，如《阿克苏的维族老汉》(图 3.2.1)《湘上老农》《收获(1978年夏，课堂习作)》《学到老(1978年6月)》《青稞熟了(1976年)》《拿手套的女人(课堂示范)》《维族老汉(丁卯新春，中一以水墨之法写之)》《陕北老汉(兼工带写)》等，还有一组炭(铅)笔西式速写、素描人像作品如《大娘今年八十六(1979年)》《赵春明(1979年)》《婚礼上的宾客》等。在如上作品中，既有水墨华滋、眉目生动的"浙味"意笔，也有比例精当、明暗谐和的西法表达。马国强认为，正是因为丁先生有过中、西两方面累年不辍的艰辛写实技法训练，才水到渠成地诞生了一批撼人佳制。

王宏剑也是令丁中一印象深刻的一位学生。他毕业于河南大学美术系,现为清华大学美术学院资深教授、学术委员会委员,中国美术家协会理事、油画艺术委员会副主任,俄罗斯列宾美术学院荣誉教授。油画代表作品有《阳关三叠》《奠基者》《秋阳》《神地》《农家喜宴》《黄河古驿》等,是享受"国务院政府特殊津贴"的专家,曾获"首届全国中青年德艺双馨文艺工作者"荣誉称号。作品曾连续五次参加每五年一届的"全国美术作品展览",并获得金、银、铜等奖项,其作品在国外也多次获奖。多幅作品被中国美术馆、日本福冈亚洲美术馆、瑞士巴塞尔美术馆等机构收藏。回忆起在河南大学学习的时光,王宏剑说:"河南大学美术学院位于黄河南岸的汴梁古城开封,北宋时期此地曾创造出中华民族最灿烂的文化艺术。四十多年前我曾在河大优美的校园里度过难以忘怀的学生时代,且受益匪浅。而今文化艺术古风犹存,新人辈出,令人欣喜。"

1977年恢复高考,王宏剑从插队的尉氏县来到河南大学(当时的开封师范学院)学习。回想起四十多年前受教于丁中一老师的情景,他感觉恍若昨日,至今仍历历在目。王宏剑感慨地说:如今虽不常回开封,但每每有缘同丁中一老师相见,总会感到丁老师如当初一样地敏锐,一样地对新鲜事物充满好奇和迷恋,一样地开朗和单纯。在他看来,丁中一老师以其特有的悟性和深厚的功底广泛涉足于中国画写意人物、山水和花鸟,而且他对西洋绘画的色彩和素描以及光影的描绘,均有着深刻而独到的见解和精彩的表达,让学生们受益匪浅。在他眼中,丁中一老师对西洋现代绘画构成和中国传统绘画知白守黑之道有着深层的掌握和运用。通过丁中一不同时期的作品可以发现,他将江南文人诗意中之空灵、中原传统文化深厚中之静穆和西洋绘画造型中之光影融为一体,并不断完善。可谓心系中原,不负丹青。

王宏剑认为丁中一老师有两个方面让人钦佩:一是对中原大地的深情,二是对绘画艺术的追求。1960年这位才华横溢又极负盛名的浙江美院的高才生,正值风华正茂之时毅然远离充满诗情画意的江南来到较为落后的中原大地。他在艺术探索上不断追求新的高度,后来又多次放弃回江南和上海的机会,无怨无悔地为河南的美术教育和美术事业的发展做出了巨大贡献,令人尊敬。

张江舟,当代水墨艺术家,中国水墨人物画领军者之一,现任中国国家画院院委、研究员、博士生导师,是俄罗斯国家艺术科学院荣誉院士、中国美术家协会理事、中宣部文化名家暨"四个一批"人才、文化部优秀专家,享受国务院特殊津贴专家。回首过往,张江舟内心深处一直都很感激丁中一先生的无私教诲以及对他艺术生涯的启迪。他20岁那年投入丁中一先生门下进行研修,四十多年过去,先生的教诲之声依然在耳边缭绕。结束了"十年浩劫"的大学校园,充溢着对学术的渴望。每每回忆起那段美好充盈的时光,他的心中就不免充满感激。

张江舟感叹,丁中一老师是一位天资极高,修养全面,功底扎实,国画、水彩、素描、线描无所不精,人物、山水、花鸟无所不能的优秀艺术家。每当看到丁中一的画作,他心中便升起仰慕之情,亲切之感陡生。他认为丁中一画作的造型特点不仅体现在严谨深刻的造型能力上,同时体现在对意象造型的敏锐把握之中。这在丁中一以朱耷、徐渭、虚谷、石涛等诸多先贤为题的水墨人物作品中尤为突出,此中的造型,一改光影写实之法,以线构形,追求形之意味,追求"有意味的形式"之于人的审美联想。在这里,形的意象性特征成为其突出特点,由形且不止于形所涵载的精神意绪为人们凝造了一个任情恣意、放浪形骸、绝尘避世、蔑视礼法束缚、情系林泉草木的"达人贵自我,高情属天云"的人文意境。谈及此组作品,张江舟不禁联想到它与文人画传统的文脉关系,这种由散淡的笔墨、疏旷的构图所传递的高古之意,是文人画传统的当代延展,更是丁中一居尘出尘、淡泊人生的精神印证。

王颖生,1963年生,河南沈丘人,1979年求学于河南大学美术系,师从丁中一学习国画。1997年毕业于中央美术学院国画系,获硕士学位。现任中央美术学院教授、修复研究院院长,艺术创作研究院院长,博士生导师,中国美术家协会壁画艺委会主任,中国美术家协会理事。作品曾参加第六、七、八、九、十、十一、十二届全国美术作品展览,获北京首届国际美术双年展中国青年艺术家奖、第九届全国美展优秀奖、第十届全国美展铜奖、第十一届全国美展金奖、第十二届全国美展铜奖等奖项。

回溯过往,王颖生在七岁那年画了幅《戴皮帽的女孩》,被教画画的父亲发现,从此他便没有了童年和少年,开始踏上学艺之路。《怎样画素描》《素描述要》《工农兵头像选》这几本书伴随着王颖生一路成长,《傅雷家书》中的故事成了现实版。刻苦地学习加上天赋,让王颖生16岁顺利考入河南大学美术系,并受教于丁中一。在看到丁老师所画的工笔老人写生《坐着的老农》时,王颖生顿感人物形象特征凸显,个性十足,构图用笔松动自然,张弛有度,笔走游龙,尽现筋骨,从此改变了他对工笔重彩的偏见——以为工笔是刻板、造作、匠气的画种,并自此对工笔画心醉神迷。尤其是王颖生见到丁老师画的一批凉山彝族写生作品,仿佛让自己再次回到了凉山。那孤独忧郁的牧羊人,沉默如山的彝族汉子在丁中一笔下得到了深层体现,意蕴无穷;男女老幼个性迥异、顾盼有序,相映皆成妙趣。伫立画前,细细品味,远得其势近得其质,笔墨松动而刻画入微,放诸全国不知几人能出其右!

王颖生认为以丁中一的才情本该声名远播、蜚声海内,其画品与画名实不相符。若在北京、上海,当属艺术界大师级别的人物,但丁中一总自谦自己仅仅是一位教书育人的普通教师罢了。几十年来他固守河南,育人无数,为河南的教育、文化建设穷其一生,这和他的个人作品一样极具崇高价值。在王颖生的眼中,丁中一正如他自己意境幽远的画境中,伫立于寥然清寂、空灵恬淡的远山前的那位头戴斗笠的超然智者。王颖生由衷感谢他五十余年如一日,春风化雨,无声润物;敬佩他孜孜不倦,漫道求索,淡泊宁静,潜心于斯!

袁汝波,1956年7月生,河南开封人,1982年毕业于河南大学美术系。现任河南省美协顾问,河南省美协人物画艺委会主任,河南省中国画学会副会长,河南省华夏文化艺术国际交流学会副会长,河南大学美术学院教授、研究生导师,中国美术家协会会员。其作品入选第八届、第九届、第十一届、第十二届、第十三届全国美展，多次入选单项全国美展。作品《红旗渠》获2016国家艺术基金项目，作品《朱仙镇木版年画》获2022年国家艺术基金项目。作品先后被中国美术馆、中南海、中央电视台等收藏。

  深受丁中一老师的影响，袁汝波认为今天的中国山水画坛大多以繁取胜，以满塞为快，故而画必"气势雄伟"，也确有咄咄逼人之势，然于繁杂中滥竽充数者也实不乏人。恰如大军过境轰轰然，然此中，唯一人独取幽径之道者，乃丁中一也。谈起丁中一的画作，袁汝波每每不由感慨：观其画，一无壮烈之气，亦无霸道之势，以简取胜，以示幽远精深之极境。就如丁中一本人所言，西画适以外张力取胜，而中国画则以其内敛力见其精者也。前者融西方绘画之长而试之，未尝不可，亦可谓之为进取之举，乃其可喜者，然众人一调如同唱曲则未必尽善矣！相比之下，丁中一的山水画则大有其匠心独具、另辟蹊径之姿，故其画有如沈宗骞在《芥舟学画编》中所说："运思动笔，物自来赴，真机神凑合之故，盖有意计之所不及，语言之所难喻者。"

  袁汝波认为，丁中一所画的山，似山又非照搬真山，乃无中生有，有中舍无，全依胸中之臆。无中生有是指艺术表现上的淋漓尽致。有中舍无是去其杂乱，虚其该虚之形。这虚实相生之道乃是艺术之大法也。由此，让人不由想起贡布里希在他的《艺术发展史》的开篇章中的第一句话："现实中根本没有艺术这种东西，只有艺术家而已。"艺术是艺术家创造出来的，当一幅画"真实"的一切都已尽善，所有细节都暴露无遗时，那么自身也就不存在现实的表达和想象了，观丁中一的画确有"运思动笔，物自来赴"和"机神凑合"之势,而这一切又均来自"顷刻之间"之感。其中的巧思常令人目不暇接,变幻莫测,实乃中国绘画之不同于西画之精髓所在,而非常人所易得的。

丁中一给袁汝波留下深刻印象的有两幅画作,一是那幅《夕阳天外云归尽》山水画,以苍劲之笔写出前景,一派"天苍苍,野茫茫,风吹草低见牛羊"之景,而在这唱不尽的夕阳红,颂不完的山水情的远方,一缕白雾将这山断开,又升腾于大山之上,云已归尽之意使观者耳目一新,意味无穷,一派幽静之致,使你能立其前而入其内,无限胸中烦躁气,一览丹青皆成空。无论是苍山大树,还是潺潺流水,都那么文静,那么广远。袁汝波认为这也和丁先生的心境不无有关——胸次淡泊,画如其人。丁先生细心于每一笔的横竖撇折、每一墨的浓淡干湿,形式感很强,充分运用点、线、面、黑、白、灰、浓、淡、干、湿的国画语言直抒胸中之气,形成他独特的"形有尽而意无穷"的个性特色。另一幅佳作是《山含宿雨》,仅依几点宿墨,几条斑驳的线条,经过其巧妙用心的组合,一幅活生生的雨后山蒙的景象呈现出来。细观此图,使人不由联想起白居易《琵琶行》中的绝句:"大弦嘈嘈如急雨,小弦切切如私语,嘈嘈切切错杂弹,大珠小珠落玉盘。"看那画中的大点小点,疏密聚散,像山中的雨,像雨中的石,又像雨中的声,大块大块的空白分割如音乐的节奏闪烁欢愉,起伏跌宕,如音乐的旋律急剧舒缓又连绵不绝。山涧的流水和山上的松树又与题款招手相呼,好一幅看似轻松,实则是多一点不可、长一线有余的十分严谨的山水画面。在袁汝波看来,丁先生的画无论是大笔的皴擦还是小笔的勾点都能使其形成团块,密而不乱,疏而不漏。他的画标新立异,意味无穷。细赏之,山多依半面而显,水又常横断而来,另一半或藏于雾中或挡于山外,总有"犹抱琵琶半遮面,千呼万唤始出来"之感。看似传统文人画的笔墨,却又包含了现代人的审美情趣和构造,其敏捷之思绪似流水般潺潺而出,永不枯竭。充满了浓郁的文人画气息和现代绘画的构成意趣。

三、递薪传火 春风化雨

丁中一大学毕业后,长期从事中国画的教学和创作,培养了许多出类拔萃的美术家和教育界人才。从事艺术教育几十年来,他的艺术道路越走越宽广。他常说:当前的中国画家无须排斥西画技法,相反是更好地吸收和消化的问题,中国画已不再仅是"笔墨"两字的羊肠小道了。早年他从事工笔画创作,20世纪70年代初又转攻写意画,多次参加全国性美术大展,长期的艺术实践形成了他鲜明的个性特色。他常告诫学生,从事艺术研究必须去掉躁气,去掉躁气必先修身自己,只有净化的心灵才能有纯情的艺术。他就这样几十年如一日诲人不倦,以自己的人品学养和淡泊胸怀,为艺术界培养了一届又一届优秀学子。每当谈起他的学生,这位年近耄耋之龄的老先生便开心得不得了,如顽童炫耀打开珍藏多年的时光宝盒,手舞足蹈,如数家珍。

1. 沉默如磐石——马岭

那是60年代初的一天下午,当时丁中一正埋头进行着工笔画创作,已故老画家马基光先生带着一个鼻梁刚齐及画案的孩子来看他,并带来不少孩子涂鸦的画作,那都是些关公、赵子龙一类骑马舞枪弄棒的人物。这个孩子便是马岭。

一晃60多年过去了,丁中一知道对马岭来说时间是缓慢的,因为那是他一分一秒地画过来的。马岭上大学时,丁中一主要教授的是工笔画,所以马岭便一直以工笔见长,并以此特长得以回到美术学院任教。马岭给人的印象是为人严谨——与那方正的脸形甚为协调,即便言笑也不激越,处事、教学、创作均属一格。

就马岭的艺术道路而言,丁中一认为"冷静地对待潮流,坚定地立足传统"是他从艺的基本态度和方略。马岭给丁中一的感觉似乎是不善幻想的,他只想他能做到的和正在做着的事。在"风云多变"的今天,他能保持固守传统而不感寂寞的习惯,或许因他真能从创作中感到充实的缘故吧!在丁中一看来,马岭正是通过这条路,得以抒发他的情怀,表达他要表达的意趣,而且做起来都是十分认真和投入。也正是这种心若磐石的坚韧与执着,才激发了他在这条道路上真切地勾绘出别样的多姿多彩,自觉不自觉地去探索那些古人并未有过的表现手段,融入某些外来技法,力图拓宽传统绘画固有的效果,默默而坚实地做着有益于丰富和革新传统的创作。

一说起马岭,丁中一就会沉浸于1986年的回忆之中。那年他和马岭同去新疆考察写生,时长两个多月。初次入疆,自己是触目皆新鲜,精力所及必将之观之,而马岭则镇定自若不露声色,且尤不喜逛商场。然而马岭嗜酒,每次酒过二两微醺,说话便明显增多。此时的他似本性显露,不仅谈笑风生,而且十分幽默和睿智。新疆的宽广大地与天山积雪,明媚的蓝天和纯净的白云真的是会让每一个人的心扉敞开,让人们彼此之间真诚相处无须设防,这点对一个艺术家来说尤为珍贵,因为艺术需要的是给人以有别于他人的真实。这是艺术家心灵的奥秘,也是艺术得以长存的缘由。

长期受丁中一影响,马岭在课堂上对学生的要求也极为严格,也偶有训斥学生的"事件"发生,然此皆出于师"严"之故。这甚令学生畏惧,但也未见有记恨于他的。当丁中一看到马岭的创作草图时即一切得以印证,原来马岭身为人师也是以此来对待自己的艺术创作的。受父亲马基光影响,马岭也爱画马,几乎每画即有马。丁中一认为马岭画马的造型是极其严谨的,以至于让人感到画马就应该是这样的,这也正是他以其严谨和艰巨的艺术创作换来的。

在丁中一的记忆当中,马岭起初的创作多为现实题材,如他的《人勤路宽》便是入选全国少数民族美术作品展览并获佳作奖,且被中国美术馆收藏。与当时的形势相仿,那是一幅主题性与情节性相间的创作,丁中一认为就马岭当时的年龄而言,能画出这样一幅作品是很不平常的,且已足见其善于思考之长了。紧接着,马岭又有好几幅创作相继入选全国美术展览,这在当时是很少见的,这些成就也为他在省内赢得了工笔画家的声誉。自新疆回来后,马岭曾以此为素材创作过数幅作品,作品的表现手法皆趋于抒情与情景交融。这与那个年代表现新疆的通常创作手法略有不同,他没有把新疆的所见神秘化,人为地将之"诗情画意",而是以比较真切无华的方式表达了自己的感受。丁中一认为与那些矫饰虚情的新疆画作相比,马岭的新疆之行作品是真实的,是真情实感的表述,是一种充实的美感,故而它也是隽永的。如《夜曲》《大漠净土》以及那组《聚焦新疆》(图3.3.1)和《吉祥拉卜楞》等,都是平直与真切、深沉与诚挚的情感表达,这种深埋马岭心底的"意"终将缓缓地不断倾泻。而《策马火焰山》一画则是马岭心灵开启、情感奔放、纵情表达与机

图3.3.1　马岭《聚焦新疆》

智闪现的又一幅典范之作,那腾地而起的白马、黑犬,尤其那条黑犬将这种机趣点睛般定格在画面上。看到此,丁中一欣喜万分。

对于马岭的另一批创作《历代爱情故事大观》和《诗情画意》《孔雀东南飞》《封神演义》等文学作品插图,与他那平直的个性一样,表现并不流于表面的浮华和超常的想象,因而离开了生活的本源。相反那种平直反给这些历史故事以返回到了生活实地的机缘,更具娓娓动听和窃窃而语之感。这些作品在用色上抑或沉稳,似乎作者力图表达古代市井生活的真实场景以更好地向读者叙述真情;抑或富丽,也显见其有吸取民间艺术和辉煌壁画色彩的元素,但却并不见复古,因而更易令现代人所接受,也闪现了他性格上的另一面。《唐风》《聊斋故事》等作品便是他这一性格表现的极致之作,饱满中不失灵动的构图与造型,

随着这富丽和极具装饰风格的色彩扑面而来。他那含而不露的深邃内涵和不时展现的技巧个性,是他作品的一个总的律动,从而使作品更加多彩。

丁中一认为马岭创作的那些与马关联的作品,是他艺术创作中重要代表之作。从《浴日》《套马》(图3.3.2)开始,恰似以后那几幅唐人诗意画的预备作。那幅《浴日》无论什么时候去看,都会被他那毫无瑕疵的造型和画面构成震撼到。奔马的前后布局

图3.3.2 马岭 《套马》

与上下疏密的安排,乃至右上第二排末那束马尾,正好打破了原来上下马距接近的空间。最下面那个姑娘手持的马鞭,虽极细小却又打破了这段间距的单调。六匹马的前后远近都安排得疏密有致而不可有半点更变。是一幅经得起时间考验和耐人寻味的好作品。《唐人诗意图——使至塞上》《出塞》《塞下曲》等系列作品,更是马岭个性中深沉一面的集中体现。宽广的大漠,深远沉静一望而至天际,那"大漠孤烟直,长河落日圆"的意境,似可闻遥遥天际的迥响,在落日余晖的映照下更见雄浑,那种反抗压迫的力量则随时可望喷发。那种人与自然间的力量抗衡都在这些作品上得到了充分的表达。在丁中一看来,其立意、构思、造型、造景、色彩以及用笔、用线都是一大飞跃,日臻成熟,这样

表现唐诗意境的画作应该说是少见的,这也是马岭沉稳和坚定的脚步的见证。多少年来马岭坚如磐石、锲而不舍孜孜于工笔画的创作,看到如今硕果累累,丁中一也由衷地感到高兴。

有感于马岭创作上的不断成长进步,丁中一经常告诉学生,艺术作品手法的新与旧仅只是绘事的表象,新的手法只能增添艺术的活力而非根本。因而,艺术作品的优劣不以新与旧、古典与现代、东方与西方等等为准。一味地鼓吹"创新"反而会使艺术与艺术家流于浅表的追逐,从而易导致沦为杂技和为花样所驱赶的手艺人,甚至与魔术师为伍,这是对艺术本质的无知。而一个真正艺术家的创新,是心有坚守的,是不以他人意志为转移的。此中之新,主要体现在作品之深层,表达对时代的关切,它涵盖了画家的学养、意识、立意、天赋或谓之世界观、艺术观,最后才是艺术手法。

2. 根深而后发——王彦发

王彦发,1951年出生于河南临颍县。1977年毕业于河南大学美术系,曾任河南大学艺术学院常务副院长、教授、硕士生导师;社会兼职曾任河南美术家协会副主席、中国美术家协会会员、河南美术家协会水彩艺术委员会主任、中国教育部高等学校艺术教学指导委员会委员、中国艺术教育促进会理事、河南省教育界书画家协会副主席。其美术作品多次入选全国美展,并有许多作品被国内外一些博物馆及私人收藏。水彩画作品《红果》(图3.3.3)入选国家重点出版工程《中国现代美术全集》。他还先后在高等教育出版社、河南美术出版社、山东美术出版社出版有《素描教程》《素描基础训练范例》《色彩基础训练范例》《色彩》《高考美术指导与试卷评析》《视觉传达设计原理》《美术鉴赏》等著作,曾主编高校教材16部、中小学美术教材18部,荣获教育部曾献梓教学成果三等奖。对王彦发这位成就斐然的学生,丁中一的评价是:言辞不多,性格温和,思考缜密,功底扎实,勤

图3.3.3　王彦发　《红果》

于探索。丁中一认为,看了王彦发的素描人物画,能明显感知到他在人物的形象神情、光影、体面、虚实等方面都做了很有成效的探索和研究。从他先后出版了这么多的作品集,可以看出正是他的默默耕耘,为他日后的绘画生涯打下了深厚的基础。在丁中一看来作为一个写实主义的画家,没有强硬的素描功力是不能成功的。

　　王彦发在做好教学及管理工作之余,始终坚持绘画创作,步伐不停,且涉猎甚广,诸如水彩、水粉、粉画、油画乃至中国画、书法,且都具较高水准。丁中一认为王彦发的作品性似本人,表现手法细腻、温厚、不急不躁。作品之外自有一番言语似慢慢道来,且总会让你感到一种温馨的慰藉,恰如一位挚友陪你度过这美好的人生,温文尔雅,始终如一。画作色彩也是真切而不虚张,实在而美丽,画中画外了无痕迹,可谓画如其人。

3. 懂得品味艺术意趣——倪凤祥

倪凤祥,1953年3月生,1977年毕业于河南大学艺术系,1988年毕业于中央工艺美术学院工业设计系。2002年8月从河南省工艺美术学校调入河南大学艺术学院,现为河南大学美术学院教授,硕士研究生导师,中国美术家协会会员,中国工业设计协会会员,河南省美术家协会山水画艺术委员会委员,河南省中国画学会理事。他的作品多次入选全国、省级大型美展。代表作品《牡丹》荣获全国科普美术作品展三等奖,《银妆》荣获河南省第十二届美术作品展一等奖。《太行秋云图》(图3.3.4)荣获河南省第十一届美术作品展览二等奖。主编有《平面构成》《色彩构成》《立体构成》《构成艺术》高校教材4部。参编高等艺术教育"九五"部级教材《产品设计》。

图3.3.4 倪凤祥《太行秋云图》

在丁中一的眼中,倪凤祥为人豁达平实,处事通达热忱,在业务上能专注求索,细察与品味艺术的意趣,以求有成,内心深处始终保持着一块纯净的艺术园地,这也使他的绘画在平实中见真趣,变化中又能恬淡而真切。就像他画中的那样,只是为了耕耘,除却心灵与大自然的沟通之外便是一片沉寂,有的只是无声的悠远与无价的开阔,缓步走向那闪光的艺术极地。

给丁中一留下深刻印象的,是倪风祥的画作常以大片的水墨出之,并使之表现出层层深远的意境,间以房舍、树林、人畜等,以使画面粗中有细、墨中有笔、浓淡有致。尤其让丁中一称道的是,倪风祥所画的大片水墨中不失中国绘画传统笔墨的韵底,画中运笔的起落、轻重、徐捷等依然可见,且大片的墨色又能关照整个画面的整体效果和张力,既具西画的画面效应,又使他的作品始终能够保持中国绘画独特的笔墨情致与格局。加之极富装饰意味的画面构成——大小、上下、左右的搭配呼应等等,都体现出其独具的中西绘画根底,以及得益于他对设计造型语言方面的巧妙运用。丁中一认为,随着倪风祥在绘画上的不断探索与实践,他的山水画近年来更强化了山石脉络的骨骼表现,那是既传承又不失真实的现实中国山水画技法,这确是十分难能可贵的长处,所有这些都使他的山水画形成了自己独有的特色和面貌。

4. 质朴宽厚而不失天趣——袁汝波

在丁中一眼里,袁汝波平素似乎从未与人怒目相向过,不论什么事,大都是淡淡地憨憨地一笑而已。想到他,那股温馨的暖流瞬间掠过全身,恰如春天般明媚、和谐。袁汝波早年求学于河南大学美术系,曾任河南省美协人物画艺委会主任,河南省中国画学会副会长,河南大学中国画研究生导师。丁中一曾说过,艺术品首先是艺术家自我剖析的产物,是"揭老底"的物证。而袁汝波的画路正充分验证了这一点,他"寂寞二十载,终为磨一剑",常年坚持素描、速写、色彩的写实训练,使得他拥有深厚的造型和创作功底。特别是现代水墨人物画,他大胆尝试将水的神奇变化运用于创作构思中。他笔下的人物五彩缤纷,栩栩如生,富有浓烈的生活气息,用笔刚健有力,用墨浓淡干湿,给现代人物画注入活力。袁汝波本人也认为人物画创作需要扎实的基本功和丰富的生活体验,最接近现实生活的作品,往往也最能体现画家的创造力。袁汝波的创作成果《收获》(图3.3.5)给丁中一留下深刻印象,这幅画是建立在对现实生活深刻体悟基础上,为有感而发之作。作品选取的是北方农村打山楂

图3.3.5 袁汝波 《收获》

的情景,是现实生活的一角,饱满的画面,蓝蓝的天空,树干与树枝的纵横交错,人物的自然生动,构成具有现代感和生活气息的画面。他笔下的各个人物,富于生动性和趣味性,画出了收获者喜悦欢快的心理,也画出了作者自己的感受和情趣。画面的创意勾绘以及人物形象的塑造,形成了他独特的酣畅淋漓、率真意趣的水墨风格。

深植于中原文化的沃土,地域文化的博大厚重和中原人民的质朴醇厚在袁汝波身上打下了深深的烙印,造就了他平和宽厚的气质个性。他一直孜孜不倦地耕耘于中国画艺术的园地里,丁中一感觉他是在"既努力而又似轻松地劳作着、探索着,也

不断地收获着"。人如画,画如人。袁汝波的画,画面淳朴中带着温厚,柔绵中又见刚毅,严谨中显出几分宽松和纯净。他既注意艺术基本功的锤炼,又时时吮吸着来自多方的艺术营养,因而丁中一说袁汝波的画能接近时尚却不浮躁,灵变中又显沉稳。他的画中还时有"闪失",却又总是流露出属于他的那份天趣。艺术也本该如此。但是这对现实而言又确属不易。人类应该多创造这样的艺术,而艺术也总在呼唤人类——多一点真诚!因为艺术需要真诚,也只有真诚才有艺术!

5. 讴歌生命与欢乐——韩学中

韩学中,1961年9月生,祖籍河南西平,1982年毕业于河南大学美术系,擅长中国工笔人物画、重彩画材料学等多种技法。现为中国美术家协会会员,中国美协重彩画研究会理事,中国工笔画学会理事,中国工艺美术家协会理事、兼书画专业委员会秘书长。现任文化部中国艺术研究院展演中心主任,国家一级美术师,中国艺术研究院研究生院硕士研究生导师。作品曾荣获第三届全国工笔画展银奖、第八届全国美展优秀作品奖、文化部第八届"群星奖"银奖、首届全国画院优秀作品展画院最高奖。先后被聘为河南大学、郑州大学美术学院、厦门集美大学特聘教授,以及中国人民大学艺术学院研修班特聘导师和荣宝斋画院工作室导师。

丁中一记得韩学中上学时身材瘦小,拥有一张花儿似的笑脸,在双眼的导向下好似其余的五官都成了条条细线,给他的稚气更平添了几分睿智。丁中一回忆起韩学中时,仿佛这个学生就在眼前,他语调缓慢地说:在历经世态后,韩学中稚气的脸上又多了些许人生痕迹,盛开的笑脸有时会戛然收敛,此时,细线似的双眼下出现了两个小黑点在迟缓地左右移动、探询。这里既有深沉的思索和警觉,又有成就的自持,可爱之外又多了些成熟与内敛。

学生时期的韩学中勤奋努力,总是无声地埋头作画,并偏重工笔画,他学的是传统的勾勒、渲染、填彩法,那是基本功。这"活儿"看似辛苦,实质过程中自有它特有的隐约的顺畅之乐和意趣在其间,而且它是随着技能的成熟而递增的。丁中一印象中,《春韵》是韩学中第一幅获奖的成名作,这幅画从立意、造型、色彩等方面既体现了他所学的基本功,同时又有了新的突破。为突出主题只画人的上半身,且为刻画人的背影而突出头上的花环这一主题表达。造型、虚实乃至衣服的渲染等,都从传统的平面化转向突出体积与注重装饰。其作多少吸取了日本绘画之长,但仍不失为中国绘画特色和非常到位的好作品。这是一个少女青春、生命和欢乐的主题,也是韩学中艺术内涵的第一次亮相。此后,他的所有作品几乎都没离开过这一主题。这符合作为艺术往往总是艺术家一生孜孜不倦地在倾吐与表述着的他灵魂深处的那个主题,没有特异的外因一般总不易其旨。恰如那个无休止地喷发着的活火山,那出自山口的炽烈与鲜红抑或那个永恒的涓涓细流,这便是大艺术家或真艺术家。韩学中的画中总以讴歌少女(女性)的美来表达他那永远倾诉不完的生命与欢乐。

丁中一认为韩学中的《净地》(图 3.3.6)等画更多地吸收了

东方艺术的装饰风,但又较之更为自然,这完全源于他没有抛弃传统绘画之长,只是融进了东方姊妹艺术特色的缘故。因而,他的作品更具真实感人的魅力。他调动了所有可以利用的"中国语言",几乎是不厌其烦地重复描绘着传统且经典的大红大绿花饰,甚至还多少保留着些许的"村姑"气

图 3.3.6 韩学中 《净地》

息。《北方少女》组图则表现尤甚,这也使他的作品能兼得民族、传统与现代(东、西方)之长而最终获得亲切、可信的效果。韩学中作品的另一特点,也是最为重要的,便是他画的这些少女看似真实却又很难在现实生活中遇见。因为那是韩学中内心始终保留和深藏着的美丽憧憬,因而他的画作是给今天这个纷杂时代的一种净润,是现实生活美好的升华。这里没有争斗、欺诈和暗算,有的却是真情、坦诚和洁净,使人摆脱烦恼、忘却痛苦。后来,他创作了农民工系列,一改我们对农民工的印象,充满了浪漫的抒情色彩。画中人物像是农民工站在清晨的薄雾中,一切都那么的阳光美好。若仔细品读,会发现他的作品中时时透露出大爱、朴实与诚恳的气息。

6. 以身修画——李健强

李健强,1961 年出生,1982 年毕业于河南大学美术系,现为

河南省书画院专业画家，国家一级美术师，中国美术家协会会员，中国书法家协会会员，民盟中央美术院副院长，河南省美协副主席，河南省中国画学会副会长，郑州大学名誉教授，华北水利水电大学艺术学院硕士生导师，河南省政协委员，河南省"中原英才计划"中原领军人才，河南省"中原文化名家"。

丁中一认为李健强是一位"中原画派"中具有个性的画家，在书法、绘画、篆刻等方面都达到了相当的艺术高度。他在保持文人画精神、格调、画风的同时，又融汇吸收了院体绘画、民间绘画中优秀的传统因素，强化了山水画精神的诗意特质与自然气韵的贯通，开掘出属于自己的艺术语言。先后出版有《寄心闲远：李健强书画集》《李健强唐宋诗写意册》《宣和遗韵：李健强卷》《大河风：李健强卷》《墨海弄潮：李健强书法作品集》等，多次参加全国美展、全国书法展，及国内外重要学术展，作品被中国美术馆等多家艺术机构收藏。

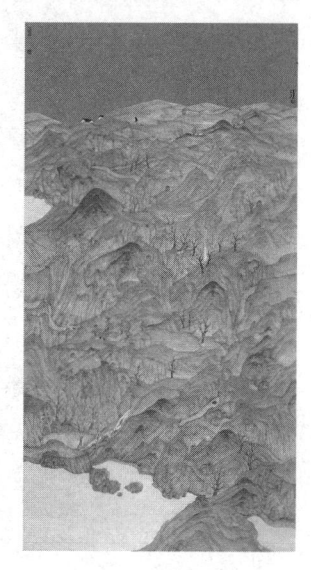

图 3.3.7 李健强
《垄上耕耘图》

李健强性格内向，话不多且低缓，只偶为达意而"提速"。他平头发型，一对略显深凹的眼珠为两道粗浓的双眉所锁，下颌留须，显得古风又时尚。他善思考，沉稳可亲。李健强自河南大学美术系毕业后，毕业后曾在河南人民出版社从事过编辑工作，

59

在业余画家的道路上潜修多年。李健强作画时着笔如书写,多中锋带拖皴以力求古厚。他是一个向传统寻根的年轻人,但仿古又不泥古。他作山水恰似以现代人之见识,来诠释和倾诉他师古的心得与学养,让读者在古意中获得慰藉又从现代中感受愉悦。丁中一认为这就是李健强作品的初始魅力,故而,这也是人们不断地给他戴上"文人画""禅意"等桂冠的缘由。他的书法亦具相当水平,也称得上"家"的境地了。一个年轻人认真作画且自追寻传统始而后发,又习书法和博览群书,既得中国书画之理又得中国精神之质,这一切都表现出了这个人的人生态度,是切实、认真、沉稳与正统的具体表露,一种内练自修的结晶。现实生活中的他,还常捻珠在手,不停拨弄,在这吵闹的世界里心无旁骛、沉静养身。修身以修画,这是至理。

丁中一认为每当人们首次接触和审视一件艺术品时能够获得瞬间的感受,是因该艺术品自身的独特素质,乃至艺术家的人格魅力在此刻感染和调动着观者的全部艺术细胞的缘由。须知一件艺术品所展示的是它独特的艺术魅力,是一种内在的属于艺术家的灵魂,而非表层的花样。遗憾的是当今人们常常忘记此点,更为遗憾的是画家本人往往也只用心于作画,却忽略了考量自身的内心。而那些"唯新是美"的鼓噪,更是把艺术与艺术之本给彻底地掩埋了。细观李健强的画作,近年与以往相比却更趋成熟。在丁中一看来,这里除却他画上功夫的不断长进,如墨色浓淡,疏密简繁,用笔变化,意境营造等都日臻完备,但凡一切都离不开他所说的"明心见性"的作画要旨。这便是艺术的精神内涵所在,心之表述即艺术家之自我亮相,心之若何即艺之面目也。丁中一以为李健强的画早期也好,日趋成熟也好,贯彻始终的是他的画格。多年来他首先注重的是自身内在的修炼,读书、写字、作画、溯源,追求的是艺术的完美与境界不为世俗所累,其艺自当不凡。丁中一觉得这是最重要和至关重要的从艺大旨,此外都为艺事的旁骛,是不能本末倒置的。

7. 执着而真挚——张建伟

张建伟(题画名:张健伟),1960年1月出生,河南洛阳人,1983年毕业于河南大学美术系中国画专业,先后在南京艺术学院、东南大学研修,2009年毕业于西安美术学院,获美术学博士学位,师从刘文西教授。曾任河南师范大学美术学院院长、教授、硕士生及博士生导师,中国美术家协会会员、河南省美术家协会理事、河南省国画家协会常务理事,河南省教育界书画家协会副主席,河南省青年美术家协会主席。在丁中一脑海中,张建伟总是一副笑嘻嘻的面孔,恰如他那颗热诚鼓动着的心呈现在你的面前一般。他总是以十分虔诚的口吻来探询看法或意见,甚至有些小心翼翼,仿佛他对自己从没把握似的,说罢接着又是富有憨厚的笑声。然观其画作,你会发现,他就是在用他的诚挚及探索的精神来作画,恒贯其中的还有执着。

在丁中一看来,学生时代的张建伟对待课堂习作就显得格外执着和投入。他时常拿出一大摞习作给丁中一看,还很不好意思地探询意见。丁中一心中清楚这个学生很有潜力,坚信他一定能画好画。因为他发现张建伟的这种执着并非是迂腐,恰恰相反,而是因为这个学生很有探索精神,在这一摞摞习作中张建伟总有不少的想法构思与画法蕴含在内。早期张建伟画的水墨人物画,用笔比较奔放,很率意,但总不失他那种朴厚的亲切感,而在他那种谦逊与探询之中又始终表白着他的个性。丁中一以为这对艺术来说尤为重要与金贵——"个性"与"真挚"共为一体。这对多少人来说是求之不得的,然而艺术界总有那么一些人压根儿就不知去寻求这些,且自诩为艺术家者也确乎大有人在。

丁中一认为张建伟的画作越发向更为深沉的实处挖掘,那种一丝不苟的执着精神更为显露。他画上的每一条线和每一处落墨都显得竭尽心力。他画上的每一处都没作假,那种娓娓动听的恳切可以抓住每一位画前的观众。画中的每一处似乎都在诚挚地诉说着,却让观者感觉总也说不完,这便是艺术的本质所在,往往并不在乎所画为何物,而是将内容韵藏画面之中。张建伟作画用笔多为中锋,且常常是用足腕力,一波三折,曲曲弯弯地一路

图3.3.8 张建伟《藏女》

下来,而这其中又充满着如歌的旋律,以至于画意盎然,这也是中国画的线或者笔墨的精髓所在。对这类用线(圆笔中锋),丁中一如此比喻:如西方的美声法圆厚与颤抖,集发自肺腑的真挚与华美的装饰于一体的艺术,也是最显发声功力与素质的艺术,其与中锋用笔两者都为传统的典范。张建伟这如歌的用线,恰

如歌唱家的引吭高歌又满怀深情,给人以无尽的感慨。这就是他作品独具的魅力,其人其画是无法分开的。

此外,丁中一认为张建伟在执着于绘画的同时,他的思绪始终未停止过对中国画坛和中国绘画的发展及其艺术动向的关注与探索研究。他能以比较客观而实际有益的观点、态度,来对待与论述当下繁杂的中国画艺术发展有关取向。独立见解之处更显出了他不同寻常的思想深度,好似他一手执画笔,又同时指挥与疏导着当下纷繁的艺术道路,力图让人们都能较为迅捷地驰入各自应循的轨道。他所发表的《在现代水墨'标准'和'规范'之外游戏》《橘化枳的启示——管窥当代中国画》《被动解构到自觉整合——我看现代水墨》等学术论文便是很有见地的好文章。

8. 并非不是绘画的绘画——王宏伟

王宏伟,1959出生,1981年毕业于河南大学美术系油画专业。2004年毕业于俄罗斯国立师范大学造型艺术系,获硕士学位。现为中国美术家协会会员、河南省美协油画艺委会副主任、河南省油画艺术研究会副会长,河南大学艺术学院副教授,硕士研究生导师。

在艺术圈,知道王宏伟的人也肯定知道王宏剑。1978年春,王宏剑和王宏伟两兄弟同时被河南大学美术系绘画专业录取。王宏剑善画极写实的油画,且早已成绩卓著。尽管王宏伟也能画写实画,然而他却常常创作与写实画截然不同的近乎抽象的作品。就这点而言,王宏伟与王宏剑之间确是有着非同一般的差异。王宏剑油画中所表露出来的写意水墨式的想象力和精准的构图,王宏伟油画中体现出的对传统文化的关注和隐忧,都让他们的作品与其他画家区别开来。

在中国如何对待非写实的绘画怕是在今天也仍然是一个极具争议的热点话题。孰是孰非,对于某一特定场合来说这是个不易澄清的问题。丁中一认为以作者的本意及其所持的创作态度来衡量作品的是非曲直,似乎还算是有有理

图3.3.9 王宏伟 《花好月圆》

可循之处的。在看过王宏伟的作品之后,丁中一认为他是认真的,大家常看到的是他极度疲劳的心态,沉重而疲惫的神志,这是因为他已把自己精力的大半都注入了作品的缘故。就艺术而言这是最可珍贵的也是极为难得的。此外,也并非唯写实的绘画才是可以被理解和接受的。王宏伟作品的又一特点便是它无处不在叙述什么,这其中自有他的认识、他的理想和他的追求在内,这在他的作品中也是有目可睹的。再者,他的作品中还具有通常可以理解的所有的绘画语言,诸如色彩、肌理、构成,以及绘画性等等也都是一目了然的。因此他的作品常常给人的是一种深思熟虑,而非彼时彼地的偶发冲动或仅仅只是宣泄。所以,他的作品绝非浪漫的产物而更多的是理智的结果。有人说他的画在趋向自然和纯粹上开掘,丁中一以为或许正好是他在回归原

始的初衷指引下,无意间步入的却是另一个并非自然的层次。

9. 精美的石头会唱歌——杨健生

杨健生,1965年6月生于河南林州市,1986年毕业于河南大学美术系中国画专业并留校任教。说起杨健生,丁中一便会说他是"会唱歌的石头"。谁都没听说石头会说话的,更不会唱歌,不知这其中是否另有典故,但这不免燃起了我们的好奇心,欲一探究竟。林州是山区,多石。丁中一认为似乎林州人的口音总是喃喃的,不但不烦人,听久了还多少有些醉意呢。他们见人便笑,但笑得很含蓄,只是淡淡地微笑,看上去很可信,不经意间似乎让彼此又凑近了一步。林州人很有毅力,他们硬是把贯穿三省的石头打通,建成了举世闻名的"红旗渠",这就是林州人硬是让石头唱出的歌。丁中一以为这就是林州人的概貌,而杨健生也不例外。

在丁中一眼中,杨健生不善言辞,时常喃喃细语,有时近乎木讷,外加一些耿耿的,也就更不善交际了——于是乎,只是埋头耕耘。总体来看,他给人的感觉似乎是"恒温"的。听说他和同龄人一起时"警句"也还是不少的,惊人之举也时而有之,丁中一笑着说道:像地球一样,在地壳的内层,它是滚烫的,这就是杨健生。不管他画什么,给人的感觉都很可信,这源出于他对艺术的态度。喃喃之中不失机智,是他的个性使然,耿耿之中却让人驻足细读,是他作品带给人的特殊魅力,而这些又活脱是一个木讷而又纯真的顽童。

杨健生现为河南省文艺评论家协会副主席、中国美术家协会会员、河南省美术家协会理事,曾任河南省美协工笔画艺术委员会主任、河南省中国画学会副会长、河南省政协书画院院务委员、民盟中央美术院河南分院副院长、河南大学美术学院硕士研究生导师。《塬上雪》《绿音》《山妹子》等中国画作品先后入选"第八、九、十、十二、十三届全国美术作品展览",荣获全国美展铜奖两次、优秀奖四次,先后荣获"河南省第八、九、十、十一、十二、十三届美术作品展览"一等奖。他的很多作品

图 3.3.10 杨健生 《山妹子》

被中国美术馆、中国国家博物馆、老挝国家博物馆等收藏,先后出版了六本个人画册。这,都是他喃喃唱出的歌。

10. 默默地张扬——彭西春

丁中一在河南的学生很多,彭西春便是其中之一,丁中一很是欣赏他的画作。丁中一眼中的彭西春,性格内向,待人平和,说话轻轻的,语调中速还稍慢些,但很认真、恳切。如果不看他的画,那么他的人似乎更难见着似的,因为他太不张扬。

彭西春,1964 年生于河南淮阳,1987 年毕业于河南大学美术系并留校任教,曾任河南大学艺术学院副院长。现为河南大学美术学院教授、硕士研究生导师,学术委员会主任。中国美术家协会会员,河南省美术家协会理事,河南省青年美术家协会副

主席,河南省中国画学会副会长,河南省书画院特聘画家兼学术委员会委员,开封市美术家协会副主席。长期从事美术教学与美术创作研究,作品多次入选全国性美术作品展览并获奖。曾在《文艺研究》《美术研究》等学术刊物上发表论文20余篇,出版有《中国传统艺术教育体系构建概述》《艺用人体解剖学》《彭西春素描作品集》等著作。

丁中一每次看到彭西春的画时感觉都有所不同。他的画如静静的、凝视的眼神,却如有一拂微风在身后掠过,抚摸着每一片青翠的绿叶。彭西春的作品总是以他独特的视觉表现,细微而真挚地感受与表达出现在大家身边却经常被大家熟视无睹的事物。这正是他艺术与生活的切入点——和他的人一样,那种默默地张扬的个性。丁中一说时间是无形的,也是无价的。但它又是因人而异的,与不珍惜时间的人相比,他们的时间显得何其昂贵,因为时间就是生命。时间又总是以绝对公平的姿态在所有人的身边流过,而对无所事事的人是瞬时而过,而对另一类人却总嫌紧迫有加,因而有人一无所获,有人硕果累累。丁中一认为彭西春是以他有限的生命认真截获和邀约时间,像时钟那样分分秒秒一点也不少,丝毫未曾松懈,最后便成就了他诸多的优秀艺术作品。艺术的功能向来便是无须声张

图3.3.11　彭西春　《中原建设者》

的,却又有无处不在的引力。

丁先生在给《彭西春素描作品集》写序言时曾这样说:"'素描'一词到目前为止对于我们大多数画画的人来说,它仍然意味着是西方传统明暗素描的那种样式,只是最近这几年才有一些人好似豁然开朗似地大叫'啊哟,上当了,原来素描还有别的画法!'是的,原来素描还可以不花那么大的力气去画什么明暗、空间。只要画上几道或者见什么便画什么不就行了。这多爽(简便)多时尚,而且'前卫'。而全然不顾直到今天西方艺术博物馆里存放的仍然是那些由这个'素描'的基石上生成的绘画作品,其数量之多依然是绝对的。其不同国家,不同民族,不同流派风格和艺术个性还依然在震撼着人们的心灵。那些大师则将永远地名垂青史。传统的素描观察方法和表现方式等都是作为造型艺术最为全面的生成基点。它是有据(客观事物)可查的,也是佐证人类智慧创造和技能的可靠标志。我是'前卫'的,因而我预料人类科技有望一天终将摆脱一日三餐之累,所以今天我即'闭谷'以示我之前卫性……可见前卫的'高瞻远瞩'究为何物和是否是'高瞻远瞩',恐怕这也必是个原则分界吧!陈丹青说得好,他不谈素描是一切绘画的基础,而一言以蔽之为'常识问题',岂不精辟有加。"

彭西春主攻国画,且多聚焦于工笔人物。在此领域,如何对待传统西洋素描问题上,丁先生曾这样说道:"这个问题今天我不想在此多议,因为我们尤其是画国画人物的,对此是最为心照不宣的。争议仅只是和那些无知者去浪费我们宝贵的时间和作无谓的牺牲。最佳的见证是让我们用画笔去和一张白纸对话,一切不都了然了?"丁先生认为"素描的终极学问在边线,这边线的从上至下、从左至右地顺势而来,此中的变化强弱、粗细、正侧、虚实、连断以及和背景的关系等等,对于塑造体面与空间是至关重要的技巧所在。若无此中体悟,焉能登素描之堂与得其之奥耶?其实我们最早更多地看到的是彭西春的中国工笔人物画,请问哪位能从他的这些工笔人物画中寻觅到西洋素描的罪责来?且你能从'逆向思维'中走出他的尽头吗?所以,读西春的这本素描集,我们必须在这个清醒的现实面前来思考与认识问题。我想任何一个健全、真诚的人都将从中得出有益的结论。那么彭西春的这本素描画集也就完成了它的至高而难能可贵的使命了。"

丁中一认为,看彭西春的画,宛如看到作品背后始终站立着一个彭西春,他总是默默地,恰似毫无声息地,然而却不停地骚动着,诉说着,那种近乎"可怕"的低吟便是即将发出的巨大的轰响。在他看似深沉而苦涩的个性深处却不时地呼唤着辉煌、青春与欢乐。这便是彭西春其人与其艺。他低慢的嗓音,只要你留意去倾听,你一定会获得意外的惊喜。如果观者肯放慢脚步,停下来,用心地、用情地去细读他的画,那一定会读有所获。

11. 未被污染的艺术——张宝松

张宝松,1961年10月出生于河南省禹州市,1989年毕业于河南大学美术系,后就读于中央美术学院,国家一级美术师。曾任河南省国画院副院长,现为文化和旅游部艺术发展中心专业画家,中国画创作研究院研究员、人物画研究室主任,河南省美术家协会理事、中国画人物画艺委会副主任,郑州市美术家协会副主席,中国美术家协会会员,中国传媒大学、新疆艺术学院特聘教授。作品曾参加八、九、十、十一届全国美展及其他全国性画展并多次项获奖,出版多部个人画册,曾为北京人民大会堂创作大型壁画《黄河小浪底》,作品《惠东情》被中国美术馆收藏。其他作品被美国、埃及、意大利、韩国等国内外学术机构及收藏家收藏。

丁中一眼中的张宝松不善言辞,他的目光总是带着探询的迷惘,似乎总是在思索。张宝松画中的线条和人物是憨憨的,若有所思地望着你的是他的那双总是带着疑虑的目光,甚至整幅画作也仿佛是他的永无止境的思索,而画上的色彩是淳朴而又欢跃的,那种发自内心的略带深沉和诙谐的笑。在丁中一印象中,大学时代的张宝松未加丝毫的修饰,宽松自如、一尘不染。因他那不加掩饰的人格特点,形成了他的质朴的性格与早早到来的艺术自我。这就是未被污染的艺术!它总给人带来格外的清新而令急功近利者气急,令"假面者"的心灵受到纯净的震撼。丁中一认为张宝松具有较强的传统中国画的理论和笔墨技巧,造型能力较强。在潜心研究传统中国画技能

图 3.3.12 张宝松 《惠安女》

的同时,主动吸收西方艺术之精华,并融合了自己的艺术语言,在创作上基本建立了其本人的艺术风格体系。张宝松为人正直忠厚,重视自身文化道德方面的修养,始终坦诚而沉稳地走着自己的路,也不断地给人们带来意外的喜悦。他现为中国美术家协会会员,在河南省艺术馆从事专业研究与创作。他的《黄河女》系列、《惠安女》系列、《民国女》及革命历史题材画,先后入选文化部、中国美术家协会等机构主办的全国性美展并连获金、银、铜等奖项。他的绘画已有鲜明的风格和个性,在画界颇具影响。他的这些成绩就像以他的真情浇灌的苗圃,正在不断地四下蔓延、伸展。

12. 传承借鉴总相宜——王穗生

王穗生是长期生活在河南的一个"北方秀才",文质彬彬又不失阳刚之气。他说起话来总是不快不慢,音调也不高不低,因而总能给每个人亲和感,却又总是不远也不近,便更显隽永和难得了。

王穗生 1957 年生于广州。1982 年毕业于河南大学艺术系美术专业,毕业后一直从事美术专业教学。现任河南大学美术学院副教授,硕士研究生导师,河南省中国画学会理事,河南省美术家协会花鸟画艺委会委员,河南省书画院特聘画家。在丁中一看来,王穗生始终保持着一个年轻人执着追求的心态,在教学之余从未间断过对中国画孜孜不倦的探求。王穗生在抓住继承传统这个主线的前提下,又不断地吸收借鉴姊妹绘画包括"现代绘画"的种种形式技法为己所用,并力求把传统绘画中的精华继承下来并发扬光大。而对传统他也能做到"为我所用",不是死摹而是活取。这是使他画中的笔墨,能透露出灵秀活气的缘故。丁中一很欣慰王穗生早早就认识到中国画的精华在古代,认为学习中国画应首先回归到它的最经典时期,从那些优秀作品与生活状态中汲取营养。同时,王穗生又能十分敏锐地吸取、借鉴各种绘画乃至流派的表现形式、色彩和技法,使之融合于笔墨之中,成为和谐的一体。看他的画,论笔墨不使人感到浮华,论色彩也不显过于"洋装",就这点而言,也正是他既借鉴西方又根植于传统的缘故。事实证明,也只有把传承与借鉴这两者的度把握得当,才能使这类"时代感"较强的作品给人以可以亲近的可信感。在丁中一看来,当今不少人一味叫嚷艺术的"创新",把它推至艺术的至要地位,似乎非此艺术将不复存在或无以生存,岂不知这已将至圣的艺术降格为一般的生活用品,是在把艺术的"创新"等同于商品的包装一般,然后予以大力推销。对此,丁先生尤为感慨,既然艺术是人类的精神产品,它可以制导与调剂人生,因而她终究应该是件严肃而又严肃的事,一件有价值的艺术作品理应是能令人获得精神上的升华。也只有这样,才能与"先进文化"这个标准沾边。

看王穗生的山水画,首先感受到的是他那清爽有序的点线,那种妙趣十足的笔法,以及由此而成的清新意境。在用笔大于用色的传统认识中,笔法是中国画的一个根本着眼点。在中国画创作中,学习古人并不难,难的是如何将古人的画风融会到自己的创作中,形成风格。再看他的静物画小品,顾名思义,所谓"静物"便已不是传统的中国画了,但他使用的是纯粹的中国的笔墨纸砚,用色上却是中西参半。每幅作品都以墨为主,然后敷色,最后使得墨色交融又很得自然,这种处理方式使他的画作轻松中透露一定的严肃气息。丁中一认为这充分说明了王穗生的作画态度,他在追求而又把求索视为神圣,一点一画都在认真经营、布阵,色彩华而不艳,温润有致。

四、言传身教 春华秋实

丁中一作为一名高校教师,他关爱着自己的每一位学生。他对艺术的永不停息的追求,永远保持着年轻人的青春与活力、敏锐与进取的精神状态深深感染着学生。作为江南人,性情儒雅温和,内心深藏着细腻而深厚的教育情怀。

丁中一总结多年的艺术实践和教学实践经验,认为最重要的一条就是要把握美术教学中的特殊性,从而引申出一系列有别于其他学科的教学方法,这是能否搞好美术教学的关键。例如在对待理论和实践之间的辩证关系上,必须强调和认识到实践居于首位的重要性,这是由绘画的技术性因素所决定的。它的特点是对于理论的认识必须以实践为先导这个前提,而非相反,即它要求教师不是在同学自身的实践之前滔滔不绝地阐述理论,而是在学生实践的过程之中适时地加以指导的。没有实践这个前提,任何理论对学生来说永远是风马牛不相及的事。因此丁中一认为,在具体的教学中最初只需对学生提出作业要求已足矣,而至为重要的且应自始至终地把"感受第一性"放在学生作业的首位。这是学生能否学好绘画的第一把钥匙。实际情况是,有不少学生往往不是凭对对象的感受,而是习惯于按教师或书本的指导(理论)下笔,终使其所为与艺术永远相去甚远,久久不得要领。这个时候,教师应做的就是不断地启发学生,带领他们获得美感,即引导学生感受对象和发现学生个人的独特感受并加以适度的肯定,此后才是理论指导的有效时机。也即必须抓准火候,及时给予理论上的阐述。而所谓火候,即意味着适时的重要,即要求教师的指导与学生的悟性要同步跟进,犹如雪中送炭。过早或过迟都将于教学无利。而且这个火候,常常是指针对各个学生而言的。因此,必须强调要贯彻因学生而异的原则,即始终遵循以各别学生的实际情况为出发点的这个原则,如此才不致呈现无益的泛论现象。总而言之,那是一种学中有教、教不离学的辩证关系。

实践证明,绘画上理论与实践的关系是:在实践的进程中,理论常常只是一种库存的后盾,而非前台指挥。此时指导一切的应是画家的独特且强烈的感受。因而,教学的职责首先在于培养和启发学生的感受性。这样,真正有效的教学理论往往会产生于学生自己的实践,即要把握住教师的理论变为学生自己的理论的那个瞬间,犹如教师的理论指导孕育在学生自己的理论之中这样一个境界。只有随时随地地追随学生的实际进程并进行适时指导的教学,才能保证教学始终能遵循教学规律行事,而不是以教师此时此刻的主观偏好和要求进行教学。

在贯彻以上教学思想的前提下,丁中一还认为,一个正确的基本概念、基本理论和基本方法,应尽可能以深入浅出的方式传授给学生。这是学生能否打好扎实基础,而不走弯路的基本保证。例如丁中一认为在指出学生作业中某一缺点时,不应仅仅片面地指出这一局部有何不足,而应指出在全局下(整体关系中)这一局部应有的正确关系是什么。也即指出这种局部的不足,是源于与整体之间的比例关系失调,而非仅仅是这一局部中的某个细节有误。这样,就会避免教学指导中的千篇一律,而是一种因学生、因作业而异的生动而精准的基础教学。丁中一建议,在布置教学任务上,要尽可能做到课堂作业布置的实际效果与教学要求相一致,使之最大限度地体现教学中的理论阐述,这样便于学生接受。因为使理论变为可视形象是美术直观教学的又一特性。然而,由于种种现实客观原因,教师常常很难做到这一点。但是艺术教育应该做到的一点,也正源于此,教师的课堂示范作业是指导学生实践的重要且直观的教学方式。教师的画胜于教师的话,其意义是不容忽视的。

当然,强调直观教学,就意味着教师要有真正实在的业务能力,一定要把这一点贯彻在教学的过程中——那是活的教材;同时要以自己的实际体会(也即理论经验)去指导学生——用自己的作品,说出自己的道理,而不是一味照搬别人的经验。所谓"活的教材",不仅仅是指教师直接在课堂上作画示范,还指从需要出发不断更新教材。同时必须特别审慎地研究哪些才是根本性的基础教学所需要的,哪些是属于技巧性的。前者需要相对稳定,后者则可以因人、因时、因需要而异。

此外,由于美术专业是一门技术学科,如前所述它的关键在于实践——教师的实践和学生的实践。所以,必须看到的是,仅仅靠课堂作业这个时间和数量来训练是远远不够的,是远远不能令学生掌握全部艺术技巧的,更谈不上熟练掌握了。因此,教师的教学与指导也应做到自课内向课外延伸,必须重视对学生课外作业的安排布置,帮助和启发学生自己主动地去完成大量的课外作业,从而真正获得课堂教学中所应得到的知识和技能。如果认真查阅丁中一给国画班安排的课外作业表,我们会发现,仅仅两周时间,学生的课外作业竟超过了他们三个学年的课堂作业数倍以上。丁中一认为,由教师帮助学生,为他们提供大量的服装道具,又由学生自己来布置、使用这些道具,这远比课堂上教师安排、学生被动执行的效果要好。这样既培养了学生独立学习的能力,也提高了学生学习的热情和兴趣。此外,课外实践反过来又促进了课堂教学。应该说课堂教学是教师指点门径,课外自学才是自己走进门内。这是一个千真万确的真理。

下面以丁中一的中国画小品课程和中国画创作课程两门课程的教学安排作为范例,可以观察他的教学方法和手段。

关于中国画小品课程教学。教学目的与要求:通过该课程教学让学生初步掌握中国画小品创作的构成与特色,也为下一步的中国画创作课练习作前期准备。教学方法与步骤:通常中国画小品课程主要让学生临习一些常见的国画小品作品,也包括老师现场示范小品,以使学生感受中国小品画的特色,最后让学生自己绘制一幅小品作业作为实际练习。但,此种教学方式太过感性化和程式化,或只知其然而不知其所以然,从而未能真正掌握构图的本质因素(原理)与方法,因而也极其表面化。因此,根据长期的教学实践与体会,丁中一首先把上述学习方法置于学生课余自己去进行。在课堂上则采取安排模特于一定的环境中(包括多种姿势),在老师的粗略安排下,同时配备多种道具,让学生根据所画模特的动态、角度与初步的场景来安排画面,如模特身前脚下,身体两侧与背景(如墙上张贴的图画以及每一根可以出现在背景上的横线与直线)的位置、长短的安排——上、下、左、右、竖、横、交叉、重叠等等的调度,进而找出画面上所形成的块面的长短、高低、大小、深浅,以及所形成的相互呼应,分析构成状态。这样的学习方法与过程让学生感觉更加具体、形象,使学生在感性到理性的思考过程中,具体而切实地掌握了构图的种种要领与方法。具体的方法与要求是:让学生在一张纸上画大量的不同幅面的小构图,并在一定的基础上相互比较(因在同一张纸上),老师则也在此基础上为每一个同学的每一幅画作具体的指导与修改。这个过程的特点是练习的量大(每个同学要画出几十乃至上百幅的小构图)。最后老师帮助学生从中挑选出一至数幅的构图,建议其放大并画出较为完整的小品作品。此种教学方法具体直观,感性与理性结合紧密,因而获得了学生"学有所得"的好评。

关于中国画创作课程教学。教学目的与要求:此课程是在前三周小品练习的基础上所进行的中国画创作作业练习。便是要求学生能根据所掌握的多种生活创作素材(包括考察照片)去构成画面,并表述一定的生活形态、内容与主题。最后以意笔人物画方式完成一幅中国画创作。方法与步骤:首先让学生准备并选择自己所掌握的多种生活素材如速写、照片(外出考察的为主),在自己初步选择与构想的前提下,再由老师逐个指导分析,在此基础上让学生绘制多幅小草图。此时老师的辅导已有前一单元小品练习的基础而变得比较简易可行了。与此同时,老师根据学生的初步构思及时讲解绘画创作的要义、历史,当前的创作倾向与特色及其成因,阐明其特点与利弊,指出当前我国的国情与何谓"先进文化的前进方向"——立场与态度。这样在短短四至五周的创作课上,每个同学都能完成一幅以上的中国画创作作业,为后期毕业创作打下了很好的基础。

为探索和完善符合美术教学特殊规律及有效的教学方法,根据学生的实际情况和教学要求,丁中一提出了自己总结的高校美术教学建议:一是加强基础课教学,在保证提高和巩固学生基础水准的前提下,在有条件的情况下争取适当的缩短基础训练的时间;二是增加选修专业课程的时间,取消共修专业课的设置(例如二年级的共修国画课),把时间集中用于选修专业课程(如山水、花鸟课);三是尽可能把山水花鸟课的教学集中在一个学期,以增加国画人物课的时间;四是重视和加强艺术实践课和创作课的设置。

丁中一多年从事高校美术教育工作,他对教学有着深深的体会,并积累有丰富的教学经验。他认为年轻教师应把握好以下几个方面的问题:一是雄厚的专业知识和技能是搞好教学的根本和基础,除此还必须在观念和技能上不断追随时代的变迁,个人的年龄虽随时日而增长,在艺术上却必得长青。这对教学(尤其是当前的教学)无疑是一种巨大的凝聚力和后盾力量;二是教无定法,唯一的办法是因材施教,对不同程度的学生进行不同的指导;三是抓准辅导的时机是教学能否有效的基本诀窍,称之为"火候",过早或过迟对具体学生来说都将是无效的空话;四是帮助学生创造适宜的学习气氛和情绪,教师自己的表现是最有效、最好的也是最关键的，那便是和学生一起创造一个相互研究探讨的氛围，而非教师主动的教，学生被动地学；五是与学生保持精神上的亲近和相通，但必须保持一种相互尊重的距离，而非称兄道弟；六是以身作则，自己做到的事才能要求学生去做，反之，效果必然相反；七是教学效果或教师的尊严都来自教师自身的勤奋劳作，持之以恒几十年如一日，这是一种影响学生的巨大而无声的力量。

丁中一在撰写的《美术学科的授业育人》中讲道：人们对待艺术品有绝对充分的选择自由，因而对于同一件艺术品的好恶也往往不一样，甚而大相径庭。这是因为艺术品是人类的精神产物。人们对它的需求只能是一种爱好甚至是偏爱，这是客观事实。同样，作为艺术范畴之一的美术和美术教育，其传授方式也必须遵循这一规律。而且，必须指出，这与其他学科的传授方式往往有着原则的区别。丁中一认为只有懂得这一点方能有效地传授专业技能，而学生也必须领悟这一原则才是唯一正确的学习方法，甚至是学习的诀窍。

丁中一所坚持传授美术技能的方法，关键在"感受"先导和"感受"辅阵，而所谓的理论和法则均隐承其后。两者之间存在着极为微妙的辩证关系，而非常规的"理论指导实践"的简单方式。懂得这一原则，也就找到了在美术学科中授业育人的独特方法和规律。因此，关于美术教育，他认为一个最佳的美术教师，其传授方式在于能够激发学生在他的学习过程中始终保持亢奋的情绪和精神状态。此时，教师的一切指导与理论，方能在学生自己能动的实践过程中不知不觉地予以接受，并以他自身的"感悟"作为终结。

丁中一认为,作为上层建筑,美术其本身必然与时代和社会相关联,因而教师在教学过程中就需要去寻找切入两者之间的契合点,以达到寓教育于专业之中的最终目的。这是客观存在,是无所不在的。例如,绘画的方法与规律,处处充满着辩证的关系与法则。诸似节奏的"强""弱"和"次强"三者组合成为艺术节奏的基本单元(像音乐中三拍节奏——蓬、嚓、嚓),这便是对立统一法则的具体体现。又如,绘画中色彩由近及远往往表现为由暖渐冷,但又非一冷到底,而是有其最后之前的返暖现象。调子的明度变化,也往往由浓渐淡而又非一淡到底,而是往往会出现其最后之返重现象。透视线长短往往为渐远则渐短,但必须有其最后之返长现象,方能达到完整(美)的艺术感受。再如,中国画中墨色的干、湿、浓、淡、苍毛等一系列专业技法上生动而具体的事例,也都离不开此中规律。相反,若在一幅画中违背这些规律,就达不到预期的效果,甚至是错误的。这就很自然地融入了有关辩证法中"否定之否定"的规律,概言之即对立统一的法则,也即马克思主义的核心理论。它实际确实存在于我们这个世界的所有事物之中,而称得上放之四海而皆准的法则。至此,这种以传授专业技巧与理论为切入点的引导,是对于青年学生对"理想""信仰"和马克思主义的认识产生困惑之际,一种较为有效而又无形的传授教育方式。这也即是,学生在理解绘画技法规律的同时,不得不折服于唯物辩证法的普遍真理和马克思主义的现实意义。

就艺术的"创作自由"问题,结合个人创作,丁中一有着自己独到的见解。他认为,艺术的"创作自由"可以在授业过程中,通过现实生活中听来,犹如故事般真切而生动的事例,来进行对照阐述,这才是最有说服力的。例如,在出国热潮中,有的向往西方"创作自由",然步入异国他乡的艺术学子却因自身生存环境改变而乱了方寸,其间,甚至陷入为了在工作间隙匆匆吸上一口烟而忐忑不安的处境,且为投人所好,还需按照老板提供的资料照片拼凑作画,虽心有苦焉却欲罢不能,因为反之则生机将绝。而与国内环境相比较,其一之谓"创作自由"者仅为缚之于金钱下的奴隶,其二乃艺术创作始终与国家、个人命运相维系之真正崇高艺术命题。而这些完全以一幅幅具体的美术作品间的比较,可得到泾渭分明的答案。对这些具体而生动的事例,只要教师能抓住火候,往往在不露形迹之中便可引出一些极为严肃的课题,从而在学生思想上打下一个深深的印记。

丁中一还提及美术教学中经常涉及的另一问题"文如其人",也即"人品"与"艺术品格"的关系问题。唯其人品为其内因所在,这一唯物观看似纯理论,实则完全可以通过绘画或者画面上乃至一笔一画的差异,来给以具体而形象的揭示,以此教育学生必须注意加强自身修养与素质的提高。丁中一认为,在一幅画中是藏不住隐私的,如画中的色调和在中国画中的用笔、墨色(也谓之为"墨气")便是佐证。这是对一个画家无以逾越的无情裁决。人们面对一件艺术作品其画格之"文""野",气度之"正""邪",实在是一目了然。艺术美出自心灵美,人之不美何以为美?其一笔一划无不揭示着画家的心迹,岂不令心术不正者汗颜淋漓吗?因而似乎只有绘画教学方能以如此真切而形象的方式去触及人的心灵了。

在当前种种艺术"新潮"冲击下,教师有责任对学生做出正确的引导或谓之疏导,也是教师义不容辞的责任。对于这样一个似乎是纯学术的命题,也只有通过生动而形象的方式方能令学生获得感性的教育。就像以东西方社会、文化、经济等背景为前提道出彼此的国情差异而非全然可以无批判地加以效法。

李泽厚在他的《论语今读》一书中曾指出中国从来少有"什么是",而总是"如何做",这种传统来自于孔子。因此,中国人对于事物抽象思辨的能力远不如希腊人及其后代。所以在中国不可能出现像荷加斯的《美的分析》以及包豪斯对于造型基础乃至视觉思维的深入研究。丁中一在他几十年的艺术教育生涯中,深感中国传统文化中探究事物过程中思辨理性的不足,便在自己的艺术与教学实践中不满足于如何做,而要探究为什么如此的问题。尽管对于任何一个"为什么"或"是什么"的追问与回答都是有限的,但正是这种追问与回答不断地提升着人类的智性。这也是"学问"一词最好的注脚。

第四章 文人意蕴 风格独具

丁中一的人物画,偏重写实,注重素描,造型精准,讲究构图,体现了学院派风格;他的山水画,简淡空灵,意境悠远,突出了中国文人画的写意倾向,具有很高的文人风范和美学价值。他的画既没有投机取巧、取悦于人的矫揉造作,也没有故弄玄虚、强加于人的粗俗霸悍,他追求的是一种"道",是"天人合一",因而经营中透出率意和自然,自然中也有必要的经营,文人那种儒道禅兼融通会的品格尽在其中。

一、古代人物画:以澄怀观道之心致礼先贤

自20世纪80年代末90年代初,丁中一创作的中国画人物作品,如《紫阳山民虚古先生》(1994)、《石涛》(1996)、《青藤先生徐渭》(1999)、《八大山人》(2004)、《西湖佳话》(2005)、《千古对酌》(2006)、《空谷三老图》(2006)、《古代名人——韩愈、司马光》(2007)、《古代人物——达摩〈面壁图〉》(2007)、《古代人物——吴道子》(2007)、《一览众山小》(2009)等,这些作品品相与他以往的作品相比有着显著的变化,呈现出一种回归的气象。这是对于中国传统人文精神的一种回归。他的这一系列关于艺术大师的大写意作品,往往根据对象的个性特征,简要而又夸张地勾勒出如山石般的人物形态,使之巧妙地与自然山水融为一

体、造型奇特,并相映成趣,充分体现了古代隐人高士那种"独与天地精神相往来"的人生态度和精神品格。

丁中一所创作的中国古典大师系列作品,以极其淡雅的笔墨表达了他对于那些大师的崇敬。这些作品去除了一切躁气与喧嚣,没有时尚的挑逗眼球的花架子,平平淡淡,耐人寻味。丁中一的这批作品,画面通体放发着中国文人骨子里所特有的那种孤傲、简淡、失意、愤懑和闲云野鹤似的生活态度,一股强烈的民族传统的人文气息扑面而至。丁中一的简意古典人物画,与新浙派风格一脉相承,这可见于他参加全国性美展的作品。丁中一笔下的一些古意人物,表现文人高士的洒脱自由、犷放不羁的状态,如对八大山人、徐渭的描绘在造型上远离写实,但夸张变形有度,注重神韵,颇有形式美感。努力把握古代文人的气质与心境,并挥洒于纸上。这就是"澄怀观道",即把现实的体验提升到精神的层面。正如邵大箴先生在《富有魅力的水墨人物画——丁中一的艺术创作》中的评价那样:丁中一在这些作品中,把具体的人物形象熔炼为精神性的写意符号,继承和发展了浙派意向人物画的新传统。从20世纪80年代至今,这种画风活跃于画坛,丰富了中国画人物画的风采,受到人们的欢迎,其中有丁中一的一份贡献,这是应该给予充分肯定的。

图 4.1.1 丁中一 《八大山人》

他的作品《八大山人》(图4.1.1)简约而疏朗,颇有骨感,很特别。刘国辉认为那老到的用线和萧散的笔调间透出的气息,分明是一位有了年岁的画家,细细体味,仍然能感觉出当年的气象,苍其外而内其秀,却把自己隐身在这后面。在《青藤山人徐渭》(图4.1.2)中,画家为求塑造青藤山人若疯若仙的神态,在画中有意识地作了强烈的夸张,包括其身驱动势与形象的

图4.1.2 丁中一 《青藤山人徐渭》

表现,甚至使之成为徐渭所作山石的形态,更为突出地强调了青藤的神情与举止独特的才智。这幅画尽管画家始终在与自我之间寻找客观的平衡点,但正如他人评说那样丁中一所画的这些人物基本上都未摆脱画家自身的影子个性与内在气质。这说明艺术创作的本质往往便是艺术家的借题发挥这一真理。

《紫阳山民虚谷先生》(图4.1.3)是丁中一表现历代中国画大师的另一种肖像作品。就作品的技法而论,画家感觉这些人物的形象、动态乃至笔墨运用的过程都受到当时自

图4.1.3 丁中一
《紫阳山民虚谷先生》

己内心的一种力量的制约，是画家的心在牵动与强制他去做出明确的表现，即在形象塑造的过程中，为求既夸张甚至于变形，然终不离写实的准则。造型的简约乃显现人物绘画的基本功底，以体现作品的严肃性与真实性，简约又与人品的高洁共生。在此画中，画家在寻找自己的笔墨语言，他以奇崛的线条，简括空灵的构图，极度夸张的造型，以体现中国绘画之精神和笔墨的精髓。此作获第八届全国美术作品展优秀奖。

那个"搜尽奇峰打草稿"的《石涛》（图4.1.4），画面中奇峰和人峰的并立、对语、和谐，以及那欲搜尽奇峰的气派；在《八大山人》那里，痴醒无常的朱耷温和地依树而立，似乎想要对人们说点什么；《青藤山人徐渭》中把盏欲仙的青藤老人，恍恍惚惚欲乘风而去……这一批作品突显了东方艺术内视的特征，如贡布里希所称谓的一种沉思的艺术。但细看一幅幅的构

图4.1.4 丁中一 《石涛》

图与线条的视觉趣味以及对于人物形象的刻画却是西方的，在这些作品中所呈现的墨色图形的设计、节奏的把握、点点画画的摆布，充分地表现了艺术家对于主体人物内心世界及其命运的深入研究，而与之相关的形式因素的处理则是来自于西方的形式美学。但是这种西学的东西并没有使丁中一的艺术成为西方艺术的翻版，反而使古老的民族艺术有了一种新的气象与当代

性。丁中一的作品既不泥古亦不泥洋,那是他灵魂的形影,一个中国艺术家心灵世界的写照。正如丁中一自己所言他画杜甫,画八大,画虚谷,可能是因为在他们那儿他总能感受到一种可信赖的品格和安全感及与他们个性上的共鸣,一种倔强的苦涩以及能获得表达方式上的最大宽容。

二、简笔山水画:精简淡远的绘画语言

作为一个热爱生活、热爱大自然的创造性强的画家,丁中一在长期深入生活、亲近自然的过程中,在融汇古今中西的绘画理念、技法的基础上,营造出自己的山水格局,形成了独特的精简淡远的艺术风格,传达出具有中国古典气质和现代意韵的笔墨程式。特别是丁中一的简笔山水画,可谓"悟性"之精品。

丁中一的山水画可谓精"简"到了极致,能用一根线表达的绝不用两条,可谓"惜墨如金"。他的画往往几根线条,几抹淡墨,便勾勒出山的形态,山的气脉,山的精神,山的灵魂,并让人有一种辽阔无垠、苍茫无际的感觉。就"简"而言,完全可与"马一角""夏半边"媲美。阿恩海姆曾经给"简"下过一个定义,即"简洁性就是一个图式以极少的信息就可以被知觉出来的视觉特征"。诚然,在艺术领域,追求一个直接而又简单的形状是一个艺术苦行僧严格坚守的戒律。画家通过对空间关系的把握,从而在极简化的画面中使其具有宇宙空间的想象。从这种意义上说,丁中一的山水物像是为了更加突出隐藏于画面背后的艺术观念和精神指向,表达物象生命存在的状态。因此,他笔下的山水不是自然界具体的某一山、某一水,而是一种概括、抽象了

的超越具体山水的宇宙精神,是大山水、大境界。他的画,或疏笔浩渺,或浓墨轻点,皆清空如洗,性灵流动。这种浑化无迹乃是中国笔墨表现的至高境界,他由此而获得了自然、清丽、潇洒、闲逸的文人之气,也恰恰应和了石涛所主张的"借笔墨以写天地万物而陶泳于我","山川与余神遇而迹化"。

不仅如此,丁中一的笔墨之"简"更跳出了这一笔墨系统,他的"简"是由西方绘画的"具象"和"抽象"之"简"。丁中一毕业于浙江美术学院中国画系,他受到了包括素描在内的西方绘画技术的严格训练,在随后的近半个多世纪中,他始终处于美术教学第一线,作为学院派画家,他广泛吸取和借鉴西方美术的理念和技术,在融会中国材质的基础上,创造了属于自己的笔墨语言——淡墨干笔的扁笔中锋用笔。这种用笔非常适合在渗透性极强的宣纸上进行"抽象"和"删繁就简"。丁中一的绘画"简"而"工整",往往"简得不能再简",而且,画面中的点画恰到好处,不能稍移,这是他在西方美术熏陶下所达到的造型功力和抽象概括功力的自然外化,如图《目极湖山千里外》(图4.2.1)。

图4.2.1 丁中一 《目极湖山千里外》

这种"简"而"工整"的笔墨语言和传统文人绘画的"简率"大相异趣。郭若虚在《图画见闻志》中说:"画有三病,皆系用笔。所谓三者,一曰板,二曰刻,三曰结。"在这样的审美传统影响下,似乎"率"才能克服"用笔"的毛病。所以说,丁中一的"扁笔中锋"用笔和他营造的"简"而"工整"的艺术面貌,就审美趣味来说,是西方的,并非"传统"的。但是,这并不妨碍丁中一用他"简"而"工整"之笔营造充满传统情调的山水之境。相反,正因为他的山水画所传达出的古典意境很容易深入现代人的心灵,从而使他的绘画在浪费"传统笔墨"却不知"传统笔墨"为何的当下山水创作中,独具出来,显示出"直指人心"之妙。

丁中一的山水画所承袭的古典意蕴还有一点,那就是"淡"的艺术格调。他以淡墨干笔和中锋扁笔皴擦点染,不逞刚猛,精气内敛,一扫时下流行的纵横习气;他营造的丘壑平远高阔,不为突兀,不作凶险,及乎至"淡"。他从不勾云,但却营造出云断岭横、云塞雾涌、云淡天高的意境。他的山水画能让人找到古人所力追的那种"淡"。古人论画,"淡""简"往往互为一体,"淡"者必"简"如黄子久,"简"画必"淡"如倪云林。因为古人力追的"平淡天真"的目的是以"淡"达"真"。要做到"淡",必须对现实世界进行去粗存精、去伪存真的把握和关照,"简"通"淡","平淡"的绘画往往也具有了"简雅"的格调。需要指出的是,丁中一绘画的"淡简"融入了他对西方绘画的理解。丁中一的"简"和传统的区别,主要体现在他的"简"是从具象里提取出来的抽象,这和古人所谓的"简率"是不同的。倪云林说:"所作画,似乎简率,然识者知其近古,故以为佳。"所以,古代文人绘画的"简"乃至"水墨渲淡",总是融入了"逸笔草草"的意蕴。丁中一绘画"简"而不"率"体现出学院派画家的艺术功力。当然,他的"简"而不"率"也并非如浙江绘画的"简"而"工整"。所谓"简率"和"工整"都是就"书法用笔"而言,而丁中一的"简"则更接近西方的"抽象"。他的山水画用笔和人物用笔一样,横竖折转,扁笔行进,都是他自己的格调,似乎无关乎"率""工"。他严谨的"简"笔行进,很有"雅健"格调。他的绘画因"简"而雅,也因"健"而雅,更因"淡"而雅。

"淡"之所以在古代画论乃至古典美学中视作至境,是因为"淡"往往是"真"的外在形式。尽管丁中一的笔墨是在广泛吸取西方美术的优良传统锤炼而成,并非南宗画派或者其他古典画派的嫡传,但他的山水画由精神之"真"下贯到风格之"淡",则是中国古典式的。理解丁中一山水画的一个所在也是"淡"字,因为这是他理会禅理的一种感悟。丁中一精研笔墨之法及状物写神之法,在"简"的同时,他以至淡至深的艺术境界为指归,以根基深厚的笔墨表现为依托,开辟了一条无施不可、随处逢缘的艺术天地,取得画淡意远、平和宁静而至神的艺术效果。这是"淡"的背后所蕴藏的深厚内涵,舍此渲淡,便为无味的平淡了。观其画还会发现,他大概是受"色即是空,空即是色"的禅境影响,崇尚"意足不求颜色似",故很少用色,而是以水墨为主,把黑、白、灰作为画面的主体色调。黑白是极色,对比最鲜明。丁中一尤爱用淡墨,因为淡墨的清新淡雅最能体现和谐的视觉效果。

细细品读丁中一的山水画,可以感受到其作品总润物无声地传递着古典的"平淡天真"的气息。晋人作书,讲究"天然",所谓"天然"就是一种"淡"。在绘画领域,至少在宋代,"平淡天真",已经是评论绘画得失的标准了。平淡天真的审美意趣,直接开启了元代以降的中国绘画格局。苏东坡说:"大凡为文,当使气象峥嵘,五色绚烂,渐老渐熟,乃造平淡。"作为学院人物画家和美术学教授,无论对景写实还是笔墨锤炼,丁中一都达到相当造诣,然而他的山水画却给人平淡出之的随意感,不假雕饰的浮朴感和不炫笔墨与造型功夫的平易感。在"淡"的境界上,他的山水画契合了古典艺术精神,如图《江山不夜月千里》(图4.2.2)。

图4.2.2 丁中一 《江山不夜月千里》

  丁中一山水画由简至淡,又因简淡而至静远,观之,实有一种天高地阔、浩渺无际的感觉,更令人游目骋怀、思逐风云。而这些又都是画家长期以来搜尽奇峰、澄怀观道的结果。他的那幅《夕阳天外云归尽》的山水画,以苍劲之笔写出前景,一派"天苍苍,地茫茫,风吹草低,见牛羊"之景,而在这唱不尽的夕阳红,颂不完的山水情的远方,一缕白雾将这山断开,又升腾于大山之上,云已归尽之意使观者耳目一新,意味无穷,一派幽静之致,使人能立其前而入其内,无限胸中烦躁气,一览丹青皆成空。无论是苍山大树,还是潺潺流水,都那么文静,那么广远,这也和丁中一的心境不无有关——淡泊处世,画如其人。

静观丁中一的山水画,发现其中包含着对立统一的关系。对立统一规律是形式美的最高级也是最简单的法则,如太极图,其中就包含着朴素的辩证关系:以 S 为架构把圆分成不对称但均衡的两个部分,其面积相等,形状不同,方向相反;一黑一白,白中有黑,黑中有白。这里包含着丰富的对立统一因素,其中对立的组合让人们感到无比的和谐与统一。中国画中的空白就是如此,黑白引申出了虚实关系等。"空白"是中国画形式美中最重要的表现方法之一,它的意象造型在于:虚胜于实,无胜于有,简胜于繁。中国画中的空白不是空洞虚无的,而是不可分割的结构,在支撑画面方面是不可或缺的,它构成了中国画中特有的意境美。空白体现了画家对"简于象而不简于意"的追求和"景愈藏,景界愈大"的辩证法。《宣和画谱》在评说南宋巨子关仝的画时说:"仝之所画,其脱落豪楮,笔愈简而气愈壮,景愈少而意愈长也。"丁中一的画也如此。他的山水国画一般画幅不大,笔简墨淡,画面空疏,较之那些一味追求视觉冲击力和画面张力的"鸿篇巨制",其简练的绘画语言及深刻的内涵使这小品山水更具魅力。明代画家恽向说:"画家以简洁为上,简者简于象而非简于意,简之至者繁之至也。"以最简淡的图式和笔墨营造最深邃的意境,丁中一的山水画就体现了这种迹简而意深的追求。

中国山水画史上追求简洁者为数不少,元代倪云林、清代弘仁、八大山人及现代潘天寿都卓有建树,自成一家。其中,后两家对丁中一的影响尤为突出。他的山水画如《泉声咽危石日色冷青松》(图 4.2.3)笔墨并重,以中锋勾勒丘壑,运用不同层次

第四章 文人意蕴 风格独具

的墨块营构远峰、近山或流云、雾霭,墨色变化丰富而微妙,使画面的层次更为多样,也丰富了绘画语言。在丘壑图式上,八大山人多绘"残山剩水",潘天寿构图奇崛,也有边角小景之作,丁中一显然同前两家拉开了距离。其构图仿佛是站在山岭上远眺所截取的一个边角之景,将传统的深远与高远构图相结合,又巧妙地融入了一些西方构成的因素,具有现代性。就意境而言,丁中一的山水画取八大山人之冷逸静穆而无八大山人之萧索,有潘氏之沉厚而弃其霸悍,以幽远寥廓取胜,"乐而不淫,哀而不伤",是另一种境界。他的山水画不是田园牧歌式的表现对生命的自满,也不是精神因素溢出形式的虚张声势的超负荷现象,是由简化奇幻的造型、淡雅的色墨构成的新式样,是精神内核与外在形式的统一。

图4.2.3 丁中一
《泉声咽危石日色冷青松》

　　丁中一的简笔山水画给观者最深的视觉印象是高度凝练的绘画语言,他对古代的山水画程式有颇深的解读,画面中运笔的轻重缓急、墨色的干湿浓淡都极为讲究,用笔简练精到、惜墨如金,可以看出画家对画面的苦心经营。其山水画给人的心理印象则是丘壑图式与笔墨所营造幽远、静谧、祥和的意境,这与画

93

家的绘画语言密切相关。画家多采用中锋勾勒近景、中景的峰峦,侧锋略加皴染,有时以极淡的赭色皴染坡石,以淡墨渲染出远景,其笔墨变化微妙,层次丰富,形成沉静含蓄的笔墨风格。构图平中求奇,险中求稳,常以大片留白断开近景和远景,这些布白形迹不同,是寥廓的天空、是山间升腾的云气、是流淌的江水、是静静的月光、是皑皑的白雪……言无尽而意更远,令观者遐想联翩,由客观的解读进入到主观的思索和探究。画面中的留白,也造成了画面的空疏感与灵动感。《山月照秋明》(图4.2.4)便是这类作品,一座半掩于云气中的山峰是整幅画面中最详尽最具体的形象,远处数片淡墨、一轮孤月便营造出一片静谧、幽远的意境。他的山水画在静

图 4.2.4 丁中一 《山月照秋明》

谧、安详、幽远的背后,也透露出一种苍茫寥廓的境界,将画的美学品格提升到介于优美与壮美之间的位置。画面上往往空山不见人,只有山峦、清涧、帆影,画家笔下的山水与世俗世界的繁华与喧嚣相隔绝,其清雅脱俗、凡尘不染,实为画家理想中建构的精神家园。究其深层的精神内核,其实是画家人品学养的物化,是现代狂飙激进中的退守姿态,是淡泊功利的自在胸怀,是摒弃狂躁的怡然心态。画上的题诗如"青山向秋静""空山四月雨晴

后""寒山又作一年碧,野水仍留两岸秋""我爱山居好"都是这样心境的直接反映。丁中一的山水画没有当下绘画流行的制作气,更绝无常见的俗媚、做作等弊病。与现在许多绘画作品所流露和表达出来的烦躁相比,他画面中那种清逸静谧的格调更为珍贵;与不少画家急功近利式的激进以及与传统的彻底决裂相比,他的山水画所运用的纯熟的传统笔墨语汇更显高古。

  丁中一的山水绘画不是由临摹古人起家。他所使用的笔墨也不是纯粹的传统语言,他的笔墨是在学院绘画的基础上,融会中国绘画材质,吸取西方绘画技术而形成的。德国艺术家克劳迪亚·波德看完丁中一在大比伯劳市举办的画展后说道:观看丁中一先生的山水画,像是一个踟足远望者那样,观看到了绿荫中的房舍。克劳迪亚·波德认为丁中一虽掌握了传统的中国绘画技巧,但他并不将这种技巧用于自然主义的绘画,而让其发扬生辉。只用几个物体就向参观者暗示了途径,令人步入自由的遐想空间。他的作品很少渲染色彩,大都用水墨,他的意笔画意境很含蓄,将画面的空白处融入了诗情画意之中。他对笔墨的处理十分简洁,使静谧的、坐禅式的画面寓意十分强烈。丁中一对笔墨的处理十分简洁,画家静谧的、坐禅式的画面寓意十分强烈,恰似"行到水穷处,坐看云起时"。无论丁中一是否意识到这一点,但从画家的艺术旨趣看,更多的是他从道家哲学中得到了滋养。因此,他的创作态度是平和的,一副怡然神旷的情态,仿佛超越了表象世界而与艺术之神相会后使自己的意识归入了空灵,这个境界是抵悟与和谐的融合。他在作品中总是人为地改变自然山水的结构律动,有意将灵魂的悸动与自然山水启迪的哲思,流水般融合以定格,从而显示为"遇之自天,冷然希音"的绘画境界。他感觉只有自然最坦诚、最无牵约。沉浸于山水画创作能让他即时内潜,而只要他在那个世界里,他的思绪便似潺潺流水,敏捷而欢快。于是,他自身仿佛完全消融在笔墨的流动之中,而以自己的灵性出现在审美世界里。这样,便不会因一时一地的是非而目障青山,始终能保持自己在艺术领域中虚以待物的品性,由此构成了他以感悟为中心的艺术品格:基本是一种平稳、低缓、空灵、悠长的情调。

他常言他庆幸自己是个画家,总有一种永不停息的冲动。在内心深处他总生活在一个欢跃的世界里。在那里,他始终是个孩童。这一切给了他作为一个画家的种种方便和快慰。显而易见,在丁中一的作品中笔情墨趣的如烟如瘴的混沌表象背后,人生的感悟是对幽远、广漠、虚空的发现,而后则是求索终结时的宁静,感悟的来临便是彼岸的到达。"悟性"成为绘画的审美特性之一,并在作品中显示某种特殊的价值时悟性的智慧,又必然给画家的创造带来有意味的形式与不同凡响的境界。

三、素描与速写:新艺术语言的探索

"能迅速把握形象特征,捕捉精神气质,举重若轻,弹跳式落笔,不留笔墨痕,将块面结构演绎为蜻蜓点水式潇洒。铅笔线条中寓点缀皴擦渲染等笔墨效果。粗下笔细收拾,着力于后期的点线刻画及烘染效果,充实之谓美是也。"中国美术学院教授、著名山水画家孔仲起曾这样评价丁中一的速写。

丁中一作为一个国画艺术家,但是他的素描研究,却并没有

第四章 文人意蕴 风格独具

因为画种的差异而做出素描教学服务于专业的选择。他认为学习西方的素描并不是一个手法的问题,而是通过素描的学习,来研究绘画的根本,对于那些以为画了西方光影素描就会丧失民族性的说法,深感诧异。他认为说这些话的人根本就不懂得素描的意义,也根本不懂得何谓基础。

丁中一的人物写生很有其鲜明的个人面貌,他吸收了西方严谨的素描造型,运用中国文人画强调的骨法用笔,使人物形象的塑造真实、生动,同时又发挥了中国画的笔墨特性。新中国成立以来,素描在中国画的教学中已经是一门重要的基础课。一般来说,人物画的素描以线描为主,辅以明暗的皴擦,注重人物的特征。以线造型,线条一般是用来勾勒出人物形象和轮廓的,不强调光线对人物的影响。但是,丁中一在他的很多人物写生中,特别喜欢表现光影,他用线去表现光影,表现体积,如《回郭镇老农》(图4.3.1)。对他来说,对象的眉毛不重要,重要的是眉骨的位置,因此他在刻画人物面部时,不再勾勒出下眼睑,而是关注下眼袋在光的照射下产生的强烈阴影。为了强化阳光炫目的感觉,他加强了明暗对比,弱化人物亮部的轮廓线,寥寥几笔,言简意赅,暗部中则包含丰富的层次变化,形象相当结实耐看,

图4.3.1 丁中一 《回郭镇老农》

且产生一种特殊的艺术魅力。

如《印度掠影之二》（图4.3.2）人物造型生动又很传神，体现了作者扎实的造型功力。学画之人，都必经过临摹、写生的阶段，进入创作境界，继而建立个人艺术面貌。在这个过程中，生活体验和知识的积累，前人经验的借鉴，个人内在的感悟等等，都非常重要。如何将个人的心得体会转化为绘画语言和笔墨元素，是每一个人都要认真解决的问题。

图4.3.2　丁中一《印度掠影之二》

丁中一在作品中重视传统的继承，又努力吸收外来艺术的营养，在时代和人民生活的基点上进一步营造个性化的艺术语言。举几个例子：《线描老人像》寥寥几笔面部结构，神情和线条力度一应俱全。《喀什街头的理发师》（图4.3.3）也是寥寥几笔把理发师的动态特征、生活气息跃然纸上。《关于阿凡提的传说》（图4.3.4）作者更是用极其简洁生动的线条塑造了人物形象。对于丁先生的素描与速写能力，中国美术家协会中国画艺术委员会秘书长孙

图4.3.3　丁中一《喀什街头的理发师》

克先生曾由衷发出感慨:丁中一先生是当代杰出的画家和艺术教育家,对他深厚的绘画功力和不懈的艺术探索精神十分佩服。丁中一很大一部分人物写生和人物创作里对人物的形象刻画准确,对人物的表情和心理的把握精到,而且,在造型和笔墨之间处理得更是自如协调,笔调细腻而柔和,结构与调子过渡得十分自然流畅,从而形成他独特的人物画风:儒雅、精准、流畅,笔墨造型和人物的生动刻画、人物神采气度的表现高度结合,十分成功。他的绘画基本功训练有素,十分扎实,通过多年艺术实践和生活积累,他对艺术的感悟理解已经上升到"道"的层次,古人说"通会之际,人书俱老",这无疑是一位画家成熟高端的境界。丁中

图4.3.4 丁中一
《关于阿凡提的传说》

一对事业的执着追求和个人品德修养在美术界更是备受称赞。他的作品不仅有深厚的传统笔墨功底,而且注重吸取外来营养和开拓性,在理解和拓展中变化生动,语言更加丰富成熟。题材关注人民生活,作品富有浓郁的生活气息,生动感人。他创作的作品在人物表现上形象微妙,变化灵动,具有传统文化精神内涵。

人物作品的语言结构充分表现了丁中一不同于他人的个性特征:典型的水墨加素描,是水墨与光影素描的巧妙完美结合。显然,丁中一的语言探索是大胆而满含魄力的,或许,一种新的

艺术语言样式,正在此种探索中逐步建立。

丁中一并不标榜自己的绘画是"正宗"的传统绘画,他说正是由于他比较全面地掌握了素描的造型方法与明暗虚实规律,今天才有助于他以最简练的造型和笔墨去表现这些人物。但在精神气质上,他则越来越强调中国画的民族传统,他在给一位青年画家的信中写道"年轻人好吃西餐也不坏,但不要把自己的血统给换了,这样可以变为一个更加强壮的中国人。"所以,在谈到《徐渭》等作品时,他特别强调了"真"字。人们有理由相信,在创作那些明山静水的山水画时,他一定也是要表现心中的"真"。现代人和古人心目中的"真"应该大有异趣,但艺术应该表现"真"的意趣却始终如一。在经历了数十年艺术形式的探索之后,他人画俱老,终于在艺术的"真"的层次上打破古今中西的壁垒,所以,丁中一的山水画也是他的"真"气流露。正如血管里流出的必然是血一样,他的绘画中传达出的传统绘画的审美精神也就毫不奇怪了。

近30年来,从"中国画灭亡论"到"废纸论"的轮回,从新文人画思潮到实验水墨的勃兴,从"守住笔墨底线"到"笔墨等于零"的争论,从空洞的技术复古到简单的形式创新,中国画在形式主义的弯路上徘徊已久。究其原因,那就是艺术越来越失去了"真"的感受。在失去了精神指导之后,艺术必然陷入形式主义的泥潭。或许在不久的将来,当人们回望近30年的中国画发展之时,会失望地说:"那是一个没有感受的年代!"丁中一可能是个例外。

第五章 植根中原 革故鼎新

一、相融相济只唯真

丁中一自1960年从浙江美术学院毕业后就来到了河南工作,迄今已有60余载。这片浑厚广袤的中原沃土给他带来无尽的滋养,使他深有感触,生活在南方,气候环境是为较好,而搞艺术则以北方为佳,尤其是北方的人文环境更为入画。

在中国画界,留给人们的印象大都是南方的中国画往往追求笔墨的流畅轻盈,多用偏锋和点丑而空灵,禀有才气横溢之感,而北方的中国画往往追求的是"荡气豪放""干裂秋风"之感。南北地理上的千里之距,使得作画者个性显得如此不同。北方人作画喜欢下大劲,力透纸背而后快,画面意境深邃广远,出现在笔墨上的不同便是干、涩、焦,落墨着力大,浑厚有过而华滋不求,所以宁可"干裂秋风"。然而在当代似乎轻巧流畅逸笔草草之笔墨已不足满足时人之需,与力作之标准亦相去甚远。作为一个中国画家也只是年轻阶段短时之才情体现,而不可久长,中年之后步入浑厚与华滋的境界方臻完美。故而,北方画风之长却正好在此。

长期生活在北方的丁中一也经历了上述的过程与体验,倘若他用传统的那种逸笔草草去绘画高古人物,便会与传统的墨戏之作不免雷同，也似乎会与当代的力作要求有所不符，所以在用笔上多以圆笔中锋、扁笔中锋以及用笔慢稳的点虱与皴擦等，这是他多年来以一个南方人的身份长期生活在北方，而自然地与北方气质渐进相融的结果。以上两种笔法使得他的画作线条沉稳，干涩而有力度，而扁笔中锋的用笔效果则又比圆笔中锋多了些灵动性。可以说这就是南方与北方的笔墨相融的具体呈现——在干涩中赋予一定灵变。

图5.1.1 丁中一 《秋清泉声远》

德国著名美术评论家罗·海尔德博士曾这样评价丁先生："丁大师遵循了历代艺术先人的手法。我们在他的画上看到了峥嵘的山峰，悬崖峭壁，急流瀑布，风起云涌的景象。而散落其中的星星点点的树木及房舍看起来如此细微，以致会使我们的目光忽略过去。我想你们可能从未见到过这样的中国山水画。如此的自由奔放，引人入胜，如此的寓意深长，不是由于画上的物体而是由于画的用笔的活灵活现，画的作者任性挥毫泼墨，浓泼淡抹，从最深度的黑色直到最浅的灰色，通贯全部色度，从而使观看者产生遐想。当然丁先生也了解欧洲绘画的新近发展，并且了解得很好，以至于轻而易举就可以在黑色的基调上用鲜艳的色块画出迎合我们视觉习惯的静物画以及其他意境。"

罗·海尔德博士认为："丁大师的特殊贡献在于他开发了水墨画的新的领域及表现形式。他的现代性正表现在他的急进上。但他并不是急躁地接受外来的东西,而是始终不渝地推进和深化本土的东西。尊重学习自然,但不等于照搬自然。在丁先生的山水画中,画笔描绘的并非是真实的意象,而是画家生活及旅行时所获得的许多印象的精髓,甚至也会将对过去杰作精品的集中感受融合进去。对于在一个有着悠久绘画传统和师徒制传授方式的国家来说这是自然而然的事。时间一旦成熟,新的东西就会应运而生。丁大师出自专门的艺术学校又如此善于熟练地运用他手中的工具,表现了另外一种仪态及另外一种目标。这种文人们练就的由一种更古老的笔墨艺术——书法脱胎而来的绘画艺术只把对外部世界的表现看作是表达内心世界的手段。"

丁中一有着深厚的传统功底,尤喜清初八大山人的画,深被八大那超凡的文人气质所感染,把八大山人的艺术语言加以改造和发展,溶入现代之气韵,从而使他笔下的山水画耳目一新。他酷爱自然,喜作自然山川之神游而将真山名川溶于胸中。他的作品《秋清泉声远》(图5.1.1),山势造型奇特而清远,一派北方山川衰草无际的景象。淡淡的一脉清泉自山后而出,又以淡淡的笔墨题识其上。数点焦墨似泉中乱石轻敲急流,并将这泉声从远处悠悠地送来,深厚的传统功底加之生活和艺术的高深修养,使他的画中时时透发着江南才子的灵气。再如《清秋太行》(图5.1.2),我们可

图5.1.2 丁中一 《清秋太行》

以看到丁中一笔下的巍巍太行山水别有一分雅致的气息,仿佛王渔洋的诗歌和董其昌的绘画,让人想起那个雅道尚存的古典时代,想起文人化了的吴江山水和江南韵致。他不是复古主义者,他的绘画也非南宗嫡传,但他的作品却传达出那种不随时间流逝而湮灭无痕的意蕴—那是久已陌生但却令人一见如故的情愫。

在绘画创作理念和技法上,丁中一同样认为中西方艺术的观念有很多方面完全可以融合在一起,绘画在吸收我国民族传统精神的基础上,也可以加入西方绘画的观念。因此,他的素描作品具有浓浓的西化风格。在他看来,对于传统的东西必须继承,但同时也必须勇于改革创新,汲取西方一些好的元素、造型,这对于推进我国的艺术发展是非常重要的。

通过全面赏析丁中一的作品,我们会发现他的潜心创作经历了半个多世纪中国画变革的历程,向我们展现了一个成长于20世纪的艺术家在西学与民族精神之间寻求契合的艰苦努力。可以说,丁中一的中国画艺术创作主要受到两个方面的影响,一方面来自于他赖以生存与成长的民族文化,这种民族文化的陶冶主要是在丁中一青年时期乃至更早。另一方面,是他所经历的国内西学教育。他认为,美术创作汲取西方

图 5.1.3 丁中一《石膏头像》

好的东西,这是对历史的补充,是一个进步,也是一个必然。接受西方元素最终成败要看最后的回归,而所谓的这个回归与时

代有关,与个人风格有关,回归的好坏是一个过程,不能因为回归的不好,而否定吸取西方元素。中国画主要以线条和笔墨来表现,以用笔(笔法)和用墨的不断变化来表达事物的真实,而西方的绘画强调五调子,以面的变化来表现事物,两者可谓异曲同工。如图所示(图5.1.3),丁中一认为正是因为他能比较全面地掌握素描的造型方法与明暗虚实规律,才在现在能以最简练的造型和笔墨去表现这些人物。不过在精神气质上,他还是强调中国画的民族传统。

他遵循了历代艺术先人的手法。在他的《迢迢新秋夕,亭亭月将圆》(图5.1.4)上看到了峥嵘的山峰、悬崖峭壁、急流瀑布、风起云涌的景象。而散落其中的星星点点的树木及房舍看起来如此细微,以致人们的目光忽略过去。如此的自由奔放,引人入胜,如此

图5.1.4 丁中一
《迢迢新秋夕,亭亭月将圆》

的寓意深长,不是由于画上的物体而是由于画的用笔的活灵活现。丁中一任性挥毫泼墨,浓泼淡抹,从最深度的黑色直到最浅的灰色,通贯全部色度,从而使观看者产生遐想。在由点、线及许多白色空间构成的作品中去体验山水风光,这正是丁中一绘画中的极其现代性的东西,是使其作品能与21世纪西方现代性的成就等价齐观的东西。

丁中一认为作画最好的题材就是写实。生活的素材是取之不尽的,也是最让人有共鸣的。无论是什么样的创作,都必须从生活中取材,只有写实的东西才可以长久。他认为画家作画便是把自己想表达的内容表达出来,有感而发,是把自己坦坦荡荡地展现在纸上,绘画作品是不需要注释的,只需要"真"心而已。所以他认为作为老师,传授专业技能是一个方面,更重要的是老师的人品与格调的高低,这是老师给学生一个基点,因此老师自身的修养水平是至关重要的。当人们问及艺术风格的由来时,他说,风格的形成是在长期的绘画实践中自然形成的,它非一朝一夕之事,也非依所谓的"追求"而来的,"追求"往往意味着模仿。风格是属于自己的,是一种自然的流露,老师的影响是外因,他们的东西和学生的内因相结合,便成了个人风格的催生剂。而丁中一正是如此。与中国画坛大多数山水画家不同,丁中一的山水画《疏林斜日茅亭外》(图5.1.5)独取幽静之

图5.1.5 丁中一 《疏林斜日茅亭外》

道。观其画,既无壮烈之气,亦无霸道之势,而仍以简取胜,以示幽远精深之极境,而不以繁取胜,以满塞为快。诚如他本人所言,西画是以具外张力取胜,而东方绘画的中国画则以其内敛力见其精者也。他所画的山似山又非照搬真山,乃无中生有,有中舍无,全依胸中之臆。而观丁中一的画其确有"运斯动笔,物自

来赴"和"机神凑合"之势,而这一切又均来自"顷刻之感"。其中的巧思常令人目不暇接,变幻莫测。此也实乃中国绘画之不同于西画之精髓所在,而非常人所易得的。

孙明道先生曾这样给予评价:丁中一先生的山水画,写出了内心之"真"。他的山水画创作发掘出了我们民族审美传统中的一层底蕴。作为人物画家而画山水,在学术格局壁垒森严的今天,多少带点儿文人余雅的情欲。这种余雅的情致反而使他更容易摆脱内外的窠臼枷锁,直抒胸臆,把他内心的那片明静展现出来,从而让我们通过他的绘画来探访他内心那片被世俗蒙蔽了的明静。丁中一先生从自己的本真感受出发,营造自己的山水格局,他的作品包括笔墨在内,在形式上吸取了西方艺术的优秀成果,却传达出具有中国精神气质的古典韵味,使我们认识到:传统,并非是空洞的笔墨形式。

绘画艺术源于生活而高于生活,其归根到底是在为人类生活而服务,因而人民大众生活中的"真善美"元素便是艺术家创作的源泉。从丁中一的新法水墨人物画题材上人们不难发现,在当今浮躁的社会情境下,他反而更加关注民生民情,他似乎在用自己的作品期盼能够唤醒人类最淳朴最真挚的感情,他的作品所刻画的对象都是质朴的劳动人民,内容主题都实实在在的反映了真实的生活面貌,传递的都是令人反复体味的正能量,不仅画面干净、清爽,且带有一丝传统的文人画雅致,让人看了之后轻松而又深刻。他在用心对待每一幅作品、对待每一个人物形象,这些蕴含着"真善美"的作品在无形之中唤起了人们对生活、对人性的思考。

丙戌年冬，著名美术批评家、书画家、诗人、作家郑志刚拜访丁中一先生。在开封青灰色的城墙与夕阳老树之间，在孤塔自怜与夜幕垂野之际，他远远看到一位身穿羽绒衣、推着电动车的慈颜长者，那便是丁中一先生。他很震惊，这样一位满脸慈善的老人居然把画画得如此冷且高，是件了不起的事情。

与俗情唱和者，注定与孤高无缘，但艺术造诣孤高的画家却几乎注定了现世生存的寂寞。丁中一的个性使他塞于仕进，亦无意于暴富，但他收获了沉甸甸金灿灿的艺术，此生足堪大慰。守得住自己，不敷衍笔墨，设若在古时，丁中一该是那骑驴寻梅的林泉之士。

二、具象写实性的"素描"国画人物创新

20世纪新式美术教育及素描方法对我国人物画的发展是有着十分积极的贡献的。尤其是20世纪50年代以后，中国画的人物画从题材范围到表现技法都有了很大的提高。就表现技巧来讲，也绝非有些人所说"素描加笔墨"那样简单。著名中国美术史学家、美术评论家邵大箴曾这样评价：丁中一在这方面极其富有探索精神，他注意艺术语言的放与收、法则与自由之间辩证统一的关系。他的作品有时采用以线为主要造型手段，有时则多用墨的块面，水墨、彩墨均是他的专长，有时也迷恋于形式创新，不断尝试抽象性手法，但也不走向抽象极端。为追求国画人物的"素描"效果，他始终注重运用笔墨的无穷变化，陶冶在意象语言的创造之中。

在2009年之后几年间，丁中一集中创作的一系列水墨人物

画作品在当时引起强烈反响,充分显示出他强烈而旺盛的创造力和勃发的艺术精神,这是一次成功的"衰年变法"。如果说以《八大山人》为代表的"大写意"阶段的创作,所展现的是纯正的中国文人画风貌的话,那么,《桂北初冬》(图5.2.1)以及之后的这批创作,不仅人物形象全部来源于现实民众,有着热辣辣的生活气息,并且表现手法也趋向"具象写实",彰显了画家扎实的素描根底与过人的造型能力。

图 5.2.1　丁中一　《桂北初冬》

作品在构图及人物细微神态的把握上,令人过目难忘。既能局部精谨,又能整体和谐,既体现有纯正国画水墨的"瓤子",却披裹着西式素描的"外装"。《桂北初冬》之后,丁中一着意推出一批两字画题如《咋的》(图5.2.2)《瞬间》《跋涉》《顾盼》《希冀》《晨光》等人物画新作,面目异于往昔。他在这批新作中使用了"障眼法",表面上

图5.2.2　丁中一　《咋的》

看,简直就是一幅幅墨笔素描人物,仔细分析,却发现他彻头彻尾地使用了国画手法。

由于丁中一受过正统学院派的学习,全面扎实地掌握了素描的造型方法与明暗虚实规律,这些都有助于用最简练的造型与笔墨,也就是形与虚实,去表现画作中所出现的人物造型。为了配合主体人物的素描效果,丁中一在这批新作中整体画面均采用黑、白、灰的素雅调子,所表现出的造型、线条以及浓淡粗细、虚实关系产生的空间感便是概括了素描中的明暗表现技巧。这些作品一时难以用明晰的逻辑语言揭示出其中的思想内涵,却不妨碍观赏者对它的强烈感觉。画幅中那不疾不徐带有些微古典气息的点、线、面水墨语言,似隐藏着一个不可捕捉的精灵,这正是画家对艺术的哲思,亦即感悟的结果。仔细赏析这批作品,时常能辄见类如"中一试以新法写之"等署记之语,这或许披露了画家既自信又忐忑的某种渴望创新的心态。这与那种"复印机"式的所谓著名画家比起来,丁中一先生这股衰年自新的创作激情与勇气,正彰显了一名老艺术家滂湃于胸、永不消弭的青春活力。

丁中一先生创作内容题材有着显见的现实生活来源,人物造型强调三维立体,明暗凹凸,俯拾皆是。通过赏析《遐思》《絮叨》《时日》《good morning(早上好)》等作品,会发现尽管面部轮廓及衣饰边缘时有绵劲的毛笔勾线,然由于主体块面中水墨皴擦过于细密隐忍、悃愊无华,致使"国画"意味较为寡淡。为此,为补救如上"寡淡"之意,在《遐待》《旅途》《当下》《晴日》《岁月》《惬意》等画面处理上,他有意加大了毛笔勾写以及局部皴擦的分量。为进一步强化"国画"比重,他还将自己冷逸简古的意笔山水、花鸟作品,"剪切"融入部分人物画以作背景映衬,这在《咋的》《跋涉》《窥视》《晨光》等作品中,都有所表现。但即便如此,这种"素描式"国画人物,如果不深入细致地近距离品察,其狡黠而又微妙的水墨肌理效果,依然不易捕捉得到。只有细微观摩品味,才能恍然顿悟,原来他是在用宣纸留白与淡墨皴染,来对应表现国画人物身上的光影明暗,且在淡墨皴染的"阴影"部位,密布着网状渗漏的斑驳肌理,从而造成了一眼望去的整体"素描"感觉。由此,其扎实的具象写实根底、超迈的中国笔墨抽象意趣在这批新作中可见一斑。

统观《咋的》《跋涉》《窥视》《晨光》《惬意》《希冀》(图 5.2.3)等"中一试以新法写之"的这一系列作品,会明显发现,画面构图在简

图 5.2.3 丁中一 《希冀》

约素朗的大基调上,扩张了实像的分量,较之《八大山人》等前期作品,黑、白之比变为三比二,从而显得画面更为丰富、饱满;用笔细腻张弛有度、线条含蓄而又挺韧,皴擦密集而动作谨饬,水墨肌理所呈微妙效果令人玩味不尽;浓淡干湿、铺陈汗漫的墨彩带来"明暗凹凸"视觉感受;主体人物"实写"而背景石树云水"意写"所造成的详略轻重对比关系;"水墨味"与"素描味"交混濡沫产出"化学反应"的新理异态,如是等等。这一批笔墨精能、面目厚重的作品的陆续推出,对于当时略显沉闷的国画人物

画界,宛若一股清流,让人耳目一新!

中国艺术研究院美术学博士生导师郑工教授曾说:丁中一先生的画,以简胜,但不空泛,空白处留得十分精妙,人物画脸部突出,用色控制很紧,就是淡墨渲染,也十分精到。落笔一二,提醒精神,使画面清朗而有笔韵。他的作品整体趣味上倾向文人一路,但文人是不屑写实的,丁先生又很能写实,写实的功力还很不一般,且又受西法影响,渲染之处,凹凸见起,这种功夫全自写生得来。

探源溯流,数十年的绘事实践,给丁中一最强烈感受就是人物画,尤其是以劳动群众为描绘对象的人物画,所不同于写意山水、花鸟之处,在于必须以具象造型作基础,方可与论"美感"。他认为,那种因写实造型能力薄弱而将人物形象恣意变形、丑化,却又妄自标榜为"遗形写神""不似之似""超以象外""神采为上"的作者,尤可谓胡涂乱抹、糟蹋笔墨。同时,丁中一还认为,写意现实人物,欲得准确、生动,需要掺用西式素描。用中国笔墨径直追求素描效果,勾皴点染,寸寸筹谋,节节推进,自是惨淡经营。若功力不逮,则必多枯硬平实、凄迷琐碎,绝少清劲气格。

古人云"中得心源",抒写自己的情感,阐发自己的美学主张,这才是绘画的灵魂。丁中一的人物画虽然重视西画的素描效果,却并非仅仅作为手法和技术,而是为了弥补中国传统绘画中理性的不足,因此更加强化了中国画的美学意味。他的人物作品有着极其鲜明的个人面貌,在吸收西方严谨的素描造型基础上,运用中国文人画强调的骨法用笔,使人物形象的塑造真实、生动,同时又发挥了中国画的笔墨特性。从这批新作中能感受到丁中一沉浸于新的思考状态,作品有着一种与传统模式不同的审美气质。画面仍然是墨色枯润兼具,线条缜谨而又疏放,不紧不慢徐徐勾出,人物造型结构到位,形象神情刻画用心。丁中一对传统的承继有着自己的理解,他不在意固有的文人画美学的歧视,而是带着自己新的美学观念毅然站到了前台,大胆实践一种有别于"传统"模式的现实书写。他在寻求一种更高层面的"形神兼备"和人物心灵的准确表达,径直由着本心指认向更内层的空间走去,体现着一种真正的文化自觉。正如他在题画中发问:"余此也一法乎,君以为然否?"曰:"然也"。

三、"光影"水墨人物画的大胆实践

正因为丁中一早期初学中国画是由一批西画老师所传授,其所受教育不可避免地融有浓厚的西方绘画元素,而恰恰正是这系统的素描学习为他打下了坚实的造型功底,也对他日后的人物画创作以及演变发挥着至关重要的作用。俄国契斯恰科夫的素描体系——体面、造型与光影的教育熏陶,潜移默化地促使他在借鉴西方严谨的素描造型基础上,积极探索光影在水墨人物画创作中的创新运用。这一绘画新法也在他2009年之后这一时期的创作新品中得到充分展现。

丁中一认为,"事实上光线不一样,画出来的肯定不同,例如鼻梁在素描中基本上是高光的部分,但是我们按照所谓的结构画法,画出来就等于一个圆柱体的明暗交界线的中间部分,中间的一个明暗交界线是暗的,那么这两边鼓起来。但是实际上,在

一般情况下,一个圆柱体,左边来光,明暗交界线在右边,而右边来光,则明暗交界线在左边,是偏向一边的,并非正中间,所以这样画的结果就是越来越概念。"在他的画展上曾发表过这样一段话:"传统山水画赋予我们自由翱翔的诗的翅膀,画古人时空催生意象,现代中国人物画的'传神'已非依昔之抽象意念而能及者。"由此可见,他对于如何突破传统的中国人物画是多么的渴望。而且,他通过查阅大量的古代画论,发现古人是没有说过中国画非得是平面的,没有人说过中国画是不能画光影的,古人根本就没说过类似的理论,都是现代人强加上的规约。他认为,"对象怎么样,我觉得符合我的要求感觉的,那就对了嘛,很自然的东西,不是自己刻意去做的,真是平光的就画平光的,这样看着舒服,这好,我觉得很艺术,我就画平光的,对象有明暗,有光影有投影的,我觉得很舒服我就去画,还有就是符合你想表达的这种感觉。首先是它,你看它这里好,你就去画,不是你主观去想的。我拓展自己,也不是有意识的,我突然脑子好像放开了。素描,我既然学过的东西,我就是要拿过来用,以前比较注意结构,现在我在结构的基础上表现光的效果,在绘画的本体上深入刻画,最后好多人看了以后确实好多人感到很吃惊。对我是非常肯定的。"随后,丁中一开始大胆地尝试在他的作品中运用光影素描因素来表现画面。

创作于2009年夏天的《日子》(图5.3.1),可谓是丁中一光影素描运用于水墨人物画的典型代表。画面所描绘的是正午时分的情景,画中老者左手握着粗布腰带,腋下夹着一布袋,右手自然下垂,整个身躯微微右倾,画面中的光源似从左上方打入。

丁中一巧妙利用现实中强烈的光照下人物面部结构模糊的效果,于是将画面人物面部上作适当的虚化以使光的感觉更为自然。面部的处理环节,除了耳朵和眼睛周围用了较重墨色刻画,其他地方几乎都处于一个"亮"的层次,这样强烈的对比使"光"的感觉更为突出,整幅作品给人置身烈日之下的强烈观感。

创作于2011年的《高坡》(图5.3.2)也是丁中一对"光"的运用和刻画表现淋漓尽致和细腻入微的典型代表作之一。画中老者面容沧桑,背负行囊,手握锄头,身躯佝偻伫立高坡之上,背景是一望无际空旷的山坡。画面整体色调为黑白灰,"灰调子"人物、"白色"背景以及与人物左下方的投影形成了"黑、白、灰"的对比,使得人物形象分外凸显。从人物投影方向可以看出此时正值阳光强烈之时,而人处高坡之上阳

图5.3.1　丁中一　《日子》

图5.3.2　丁中一　《高坡》

光更强烈,随着空间距离的推远,从透视的角度来说近大远小,而作者恰将背景由近及远将调子一层一层退减直至空白,这就更加突出了高坡之上烈日强光的视觉冲击,使画面更加真实生动。光影素描的一大特色便是对"光"的描绘,所以这幅作品所

呈现出的强烈的对比不仅是中国画中的黑与白，而且还有光影素描中的黑与白、明与暗，使得画面效果光感明亮且意境深邃。

丁先生一直本着形神兼备的理念来作画。他认为，绘画是视觉的形象艺术，水墨人物画亦是如此，倘若刻画的人物脱离生活本质那将如何被大众所接受？因此，他所追求的不仅只是表面造型上的精准，还有更深一层在造型严谨的基础上挖掘人们内心深处的感受，无论是早些年间大写意作品《八大山人》还是这一时期所创作的"具象写实"的光影水墨人物画，每幅作品和人物都是形与神的完美结合。青年时间积累下的光影素描功底，使他勇于尝试通过光影来表现空间、表现结构，加上他深厚的笔墨功力使他在用线表现光影、表现体积上游刃有余，使其作品既"具象写实"又不失传统水墨人物画的意境表现、韵味传达。

图 5.3.3　丁中一《天问》

如这幅 2009 年创作的水墨人物画《天问》（图 5.3.3），画面中心的老妪神情凝重，目视着远方，身体左倾而面部朝向右侧，整个人物形态恰如作品名称，散发出一丝沉甸甸的无奈。一如他擅长的独特表现手法，作品精力集中在人物面部细节刻画上，用大块暗墨色简略概括处理衣纹服饰，与微亮的人物面部在墨色上形成黑白对比，而背景远山则用寥寥极简线条勾勒出画面的纵深感，给人以无限的遐想，使得背景与人物在整体效果上形成繁与简、黑与白、暗与亮的鲜明对比,以此来突出人物表象所传递的内心感受,强化画面意境的表达。画中左下角提款"此乃墨分几色耶"可谓映印题中之意,有意强调通过笔墨层次的运用来营造画面氛围、刻画人物形态、传递人物内心世界,使得这幅水墨人物画面效果意境深远。

如何利用光影使水墨人物画面呈现出强烈的对比效果,这在丁中一以诙谐口吻命名《山中的"女皇"!》(图5.3.4)作品中亦

图5.3.4 丁中一 《山中的"女皇"!》

得到充分体现。画中老人慵懒地半躺于阳光下悠然晒暖,双眼微眯,表情憨态可掬,淳朴可爱。画面仿若置身于烈日之下,给人一种身临其境的感觉,意味十足。作品加强了光照下的明暗对比,削弱了左侧面部受光处的轮廓线,暗部中则包含丰富的层次变化,非常细腻。而现实中,顶着正午的阳光,脸部在阳光直射下帽檐下应为暗部,但是他却反其道而行之,将整个面部处理得很简洁,并未做过多渲染,却把阳光刺眼的感觉惟妙惟肖地表现出来。他将人物的手部进行深入刻画,而面部只是点到为止,简与繁的对比却使人物面部更为突出,将正午耀眼的阳光很真实地传递出来,让画面意境给观赏者的带入感极其强烈。

丁中一在这个时期采用光影素描创作的水墨人物画很少渲染色彩,基本是运用墨色的变化、光线的明暗来刻画人物表现主题,这不仅体现了画面中水墨的纯粹性,也加强了画面所表现人

物的质朴感,加之作品的大面积留白,呈现出极"简"的视觉效果,非但没使画面变得单薄,反而恰是这种留白给人以诗情画意般的空灵感觉。对形象特征的精确把握,大胆的弹跳式落笔更充分展示了他举重若轻、潇洒自如的强大功力,恰到好处的留白、大小明暗块面的结构对比,更使画面空间给人以无穷的遐想。

如2011年他创作了作品《往昔》(图5.3.5),画面布局采用人物老妪居左与右边大面积留白各占一半空间,加之黑白对比

图 5.3.5 丁中一 《往昔》

使得人物突显,而形体的刻画,寥寥简略几笔便将其人物外形与神态栩栩如生刻画而出,仿若稳稳磐石,深入解读更显视觉效果"高大而凝重"。面部细节处理,既略去了眉毛的刻画,也未勾勒下眼睑,并且有意弱化了右侧受光部分脸庞的轮廓线,而是采用强烈明暗对比之法突显眼袋在光照下眼神中的沧桑效果,光照之下的折叠头巾与遮挡的暗部额头虽过渡明显却含蕴着丰富的层次变化,使人物结构相当结实耐看,看似浑朴却透着精微,宛若单纯却体味着丰富,静默老妪在入神地回忆往昔岁月旧事,整个人物形象的处理与背景精简用笔形成鲜明的对比,给人以强烈的视觉冲击和无尽的回味。

为表达内心深处的诉求与愿景,先生特在画面右下角写下了这样的题款:"恰如旧梦一般,她为我们梳理出一个崭新的时代。"这或许恰是先生对开创新时代艺术——光影水墨人物画新

第五章 植根中原 革故鼎新

法的向往与追求。

丁中一是一位热爱生活、重视深入生活的画家,他从人性和仁爱的角度表现劳动者的形象,他的人物画有现实的品格,寄寓了他对他们的真挚感情。他运用别致的光影语言和虚实巧妙结合的手法塑造人物形象,含蓄而富有诗意,反映了他坚实的艺术功力和艺术修养。他立足传统,面向生活,古稀之年还积极地进行着中国现代水墨人物画的探索试验。他的作品独具风格,画面精简而意境深远,在具象写实的光影素描式的外表下,隐藏着中国传统水墨人物画的精髓,看似西方绘画风格的表象下,实则包含着传统文人画的精神。他那独具个性的笔墨语言,已成为新时代美术领域不可或缺的靓丽符号。

图 5.3.6　丁中一　《老子出关》

著名书法理论家姜寿田先生曾发出这样的感慨:丁中一先生是中原地域当代国画流派的一位重要的代表性人物。与李伯安的京派人物画风的雄浑重拙完全相反,丁中一的人物画风表现出的则完全是南派文人画格调。丁先生的笔墨是一流的,在当代画坛具有这样精湛笔墨修养的人物画家是不多见的。如果将他与李伯安在笔墨上做一比较的话,李伯安以气势胜,而丁中一则以气韵胜,可谓南北笔墨毕集于中原矣,此为中原人物画风必将走向大盛之先机。

结　　语

　　丁中一先生以他精诚、敬业的精神,奉献于河南的美术教育事业,培养了一代又一代学生,传道授业解惑,给他们以良好的训练,为他们终生从事美术创作、教学或设计工作打下了扎实的根基。今天的河南美术事业一派兴盛繁荣景象,离不开丁中一先生几十年勤奋不懈的耕耘。

　　60多年来浩浩黄河水的滋养,没能改变他的乡音;猎猎中原风的磋磨,亦未壮硕他的体态。但他的胸襟、画风、行为方式、价值观念乃至生命律动,却早已经融入这片朴诚而又厚重的土地。丁中一是功成于河南的上海人,出身于上海的河南人。在河南,无论作为画家还是美术教育家,他都是一位不折不扣的成功者。他将自己根植于中原大地的浓浓人文情怀融入黄河沃土,在艺术的道路上漫步求索。

　　美术界向来将丁中一的画风视作"浙派正宗",而其母校中国美院(原浙江美院)在为院庆画展特邀作品时,所给予的评价却是"具有明显的中原北派画风印痕"。总之,评价皆是欣赏与肯定的。这种南北并摄的独特画风的形成,是任心直运的不期然而然,还是苦心孤诣跬步千里,或许尚未有一个明晰的答案。但是,丁中一画风的主要构成元素是"浙派水墨"的空灵飘逸与中原画风的正大厚重两相融合所得的"晶体",却是不争的论断。这种画风影响了河南一大批人物乃至花鸟、山水画家,业已成为河南省正在力倡的"中原画风"的核心技法形态与个性向度。

丁中一这位绘事多面手,人物画、山水画、花鸟画、水彩、粉画、装饰画、版画等,都有涉猎。如是多维度、宽幅面的取法与敏悟,再辅以勤修苦习,终至今日境界。而且他还是一位深赋情怀热爱生活的画家,他用简约淡泊的笔墨勾勒人间山水的逸情雅蕴,从人性仁爱的视角表现劳动者的形象,他的作品有现实的品格,寄寓了他全部的真挚感情。"一艺之成,当尽毕生之力",看似简单的这句话,实则饱含了追求艺术道路上酸辣甘苦。

丁中一先生是一位智者,更是一位辛勤的耕耘者,他的作品多次参加全国性展览并获奖,并在国内多地、台湾地区及国外等地举办多次画展,多幅作品被中国美术馆等单位收藏。出版有《丁中一画集》《丁中一西部写生画集》《素描技法论要》,并整理有《岁月如歌——河南省老艺术家美术作品展丁中一美术作品集》《丁中一艺术论集》《丁中一作品精选》等。大朴之美,润物无声,从他的作品中,我们可以看到他的艺术青春气息和旺盛的艺术生命力!

中国美术学院国画系教授顾生岳先生,曾在给丁中一写的书信中回忆起丁中一在中国美术学院的求学时光。那时的丁中一勤奋刻苦,是班上名列前茅的高才生,作品不仅画得好,而且已经明显体现了其独有的艺术个性。看了丁中一"从艺六十周年作品回顾展"的作品之后,顾生岳更是感慨不已,他认为经过生活的积累,丁中一写意传神的水平比原来又迈进了一大步,显

结　语

示了他是一个多思、善悟的艺术家，而不是仅停留在"外师造化"，而忘却"中得心源"的画家。顾生岳赞誉丁中一在作品中既重视传统的继承，又努力吸收外来艺术的营养，在时代和人民生活的基点上进一步营造个性化的艺术语言。

在顾生岳看来，当前在艺术发展进程中，中国书画意蕴和西方艺术观念从对立、排斥到统一交蕴之间，努力创建新的时代性、民族性和个性化的审美观是很必要的，遗憾的是目前不少画家为了追求个人利益，不惜把艺术甩在一边，浮躁、庸俗，甚至打擦边球的作品层出不穷，而丁中一能坚持不懈地为开创新的时代艺术而努力是难能可贵的。

中国当代艺术家、中国军事博物馆美术创作室专业画家陈钰铭先生曾提到，第一次见到的丁中一作品是他画的人物头像，他作品高超的技术和生动的笔墨表现力给初踏入美术门槛的自己留下了深刻的印象。看到丁中一近些年的作品，陈钰铭先生不禁赞叹道：丁中一老师不仅有深厚的传统功力，重要的是他的思想始终走在美术创作的前列，他注重吸收外来文化，对中国美术界现状给予了更多的关注和思考。他的作品不仅仅是来源于生活，而且更注重对民生的人文关怀，他严谨的创作态度对当今美术界一些浮躁的风气都是一个反思和启发。

当代著名人物画家、中国美术学院教授刘国辉看完丁中一的"从艺六十周年作品回顾展"后，认为这是一批用心专注会让人驻足的画作，其中不乏精彩。他由衷感慨："当今的江湖，罢黜百家，独尊'写意'，复古风劲吹，谈素描而色变，如瘟疫似的唯恐避之不远，而君竟如此堂而皇之地'素描'着，且深度地'写实'起来,这无疑犯了大忌,这不能不让人为之担忧,担忧这些潜心的作业会湮没在无聊的口水中。"他感慨道,丁中一的作品是一次勇敢的攻坚,是一次悲壮的突围,艺术不相信口水,切实创作出好的作品才是王道。

2020年新春之际,新冠肺炎疫情突如其来,神州大地上一场没有硝烟的战争打响,为抗击疫情,大家万众齐心,各尽所能。丁中一拿起画笔,创作国画《春讯》讴歌逆行者,呼吁大家致敬英雄、坚持不懈、众志成城、战胜疫情。

2021年是中国共产党成立100周年,一百年披荆斩棘,一百年沧桑巨变。从当年的积贫积弱、受人欺凌,到现在的国强民富、屹立东方,从曾经"一辆汽车、一架飞机、一辆坦克、一辆拖拉机都不能造",到如今在火星上首次留下中国人的印迹,百年征程上,中国共产党带领中国人民创造了让世界震撼的奇迹。值此举国欢庆的时刻,丁中一很快创作了《开国元勋》,以艺术的方式为建党百年献上一份特殊的礼物。

凭着学识才分、毅力恒心,还有那炽热的赤子情怀和与时俱进的艺术追求,丁中一先生不断地创造新的奇迹。

虽已耄耋之年,丁中一仍奋斗不止,求索无厌,新作中时常有"中一试以新法写之"等署记之语,这位年高德劭的知名画家,怀抱着对七彩生活的无限热爱和激情,以清澈之目与真率之心,日日游弋于水墨汪洋,佳作不断,品格独高——这本身就是一种令人惊羡的奇迹。创造这种奇迹,不单需要学识才分、毅力恒心,更需要永远晴朗的心态和与日俱浓的雅趣。

瘦高、白皙、略略驼背,浓软的沪腔、高度的近视镜、略显卷曲的黑发、近乎童稚般天真清澈的笑容,世故不谙却时有精明闪现,天赋画才兼而勤奋异常,对艺术执着甚至执拗,诲人不倦终至桃李满园——这便是丁中一。

附录:丁中一艺术活动年表

1951年 于北京人民美术出版社出版连环画创作《团队的旗帜》,时年14岁。

1955年 9月考入浙江美院(今中国美术学院)中国画系人物画科。

1959年 创作工笔绢画《北方的三秋》,作品在全国展出后选送国外展览,并刊印于展览目录封面。

于上海美术馆展出水彩画《雨》一幅。

1960年 与周昌谷先生合作历史画《杨幺起义》,此作曾陈列于北京历史博物馆。

 8月 自浙江美院毕业

 9月 至河南郑州艺术学院任教。

1961年 8月至次年8月郑州艺术学院停办,遂回上海待命。

1962年 临时任教于上海市美术专科学校。

于上海《文汇报》连载书法创作《王献之写字》16幅。

 9月 随郑州艺术学院教师迁往开封师院(今河南大学)成立艺术系。

1965年 为北京人民大会堂创作四扇屏。

1970年 由工笔画转攻写意人物画。

1979年 为北京人民大会堂创作《月是故乡明》。

1981年 于上海美术馆展出作品2幅。

1983年 以意笔人物画形式创作电影海报《小城细雨》,由中国电影发行公司发行。

加入中国美术家协会。

1984年 在天津人民美术出版社中国画季刊《迎春花》第2期发表山水画《富士山》《山的足迹》。

5幅素描作品入选天津人民美术出版社出版的素描画辑。

1985年 中国画《无题》入选天津人民美术出版社出版的《中青年画家作品选》。《月是故乡明》入选天津人民美术出版社出版的《中国画新作选》。

1986年 7—8月赴新疆艺术考察,作画两千余幅。

1987年 夏赴贵州考察写生,冬赴云南考察写生。

于《美术》杂志发表中国画创作《八大山人(初稿)》。

1988年 在台湾举办个展。

1989年 中国画创作《八大山人》入选全国第七届美展并入选该美展"中国画集"。

1990年 出版专著《素描技法论要》。

获开封市为人师表先进教育工作者称号。

1991年 出版个人画集《丁中一西部写生画集》。

山水画《夕晖》入选中国画研究院主办的"1991中国山水画邀请展"。

1992年 任正教授职。

于《迎春花》发表山水画一幅。

参加 ISEAA 亚洲艺术教育国际研讨会,并发表论文《艺术功能与美育》。

1993年 赴德国弗赖堡市举办个人画展并赴瑞士巴塞尔、苏黎世,法国作考察游。

同年10月在德国举办第二次画展。

1994年 中国画创作《虚谷先生》入选全国八届美展优秀作品展,获优秀奖,省一等奖;受中国文化部、中国美协委托出任全国八届美展河南省选区委员会评委。

山水2幅由中央电视台收藏。

1995年 天津人民美术出版社《国画家》第6期,发表画家丁中一专题介绍,并发表7幅作品与论文《趋向成熟的童心》,随附当代著名美术评论家徐恩存专评《扬起悟性的风帆——丁中一和他的水墨画》一文。

于德国大比伯劳市举办第三次个展。

中国画创作《虚谷先生》参加由中国美协主办的"当代中国画展览"赴德国展出。

获河南省优秀专家称号。

1996年 山水画《泉声三月雨》被中南海收藏。

《大河报》主办"丁中一中国画作品研讨会"省电视台专题报道。

中国画创作《虚谷先生》参加由中国美协主办的"中

国现代优秀美术作品展"赴马来西亚展出。

出席河南省第四届文代会。

出任河南省美术家协会副主席。

1997年 中国画创作《石涛》于中国美协主办的"97全国中国画人物画展"展出。

上海书画出版社《书与画》杂志作画家丁中一专题介绍并发表作品6幅与论文《关于艺术的实话实说》。

1998年 山水画一幅入选由中国美协主办的"当代中国扇画展"。

河南省电视台摄制专题片并作报道。

出任河南省美协人物、山水画艺委会艺术顾问。

1999年 中国画创作《青藤山人徐渭》入选全国第九届美展，并获河南省一等奖。

于德国达姆斯达特市举办第四次个展。

任河南大学艺术学院美术学硕士生导师组牵头人并"中国画教学研究"硕士生导师。

2000年 德国 Palette 艺术杂志发表四版作品，由德国著名艺术评论家达姆斯达特作《回声报》专栏，作家罗·海尔德博士撰写专题评论。

4月 于《美术报》发表给王犁的信《中国画的"血统"不能换》一文。

10月 赴杭州参加浙江省世博会，杭州唐云艺术馆"全国中国画家名家'金秋钱塘'邀请展"并展出山水画《云山对语》。

出任唐云艺术馆艺术委员。

赴中国美院成人分院讲学并受聘为该院特聘教授。

2001年 《美术界》杂志发表其论文《未被污染的艺术——有感于张宝松的画》。

山水画《江山无言》于中国美协主办的"新时代中国画作品展"展出。

郑州电视台摄制专题片并作报道。

由湖北美术出版社出版《中国当代画家自选小辑》。

中国画创作《青藤山人徐渭》由中国美术馆收藏。

出席河南省第五届文代会并任河南省文联委员。

出席河南省美协第四次代表大会并当选第四届河南省美协副主席。

赴北京出席中国文联第七次全国代表大会。

2002年 1月为研究生作品展写展览引言。

创作《苏轼诗意》等系列山水画。

12月荣任河南省文史馆馆员。

2003年 于《艺术探索》杂志发表《砚边杂谈》一文。

接受朱德华访谈并发表《追求"真"的人生境界》一文。

12月赴京参加全国第六次美术家代表大会。

2004年 重画《八大山人》一画。

为河南大学校庆撰写《生平概说》一文。

2005年 3月随中国美协旅游联谊中心赴印度作中国画画世

界活动之旅,后所作中国画、素描、摄影等作品参与在京之汇报展。

应邀参加安徽省美协主办的"中国画百位名家扇面精品展",展出扇面作品。

参加杭州西湖博览会博物馆举办的"风荷西湖当代中国名家书画展"(52人)。

9月 《集市》《傣族老妇》两幅作品于"中原文化上海行"展展出。

《西湖十月金桂香》一画于"金桂杭州"当代中国名家书画展展出。

12月 被提名参加中国美院举办的"浙派中国人物画开创与发展五十年纪念展"。

12月 接受浙江《江南游报》访谈并发表《天水一色——丁中一》及作品。

《国画家》杂志发表其《趋向成熟的童心》一文并附作品与报道。

出版《河南省文史馆研究馆员书画作品集——丁中一中国山水画选》。

2006年 《国画家》整期刊发"本期关注丁中一"。

创作《陕北之恋》。

4月 随河南省外事办出席赴韩国作品展。

8月 参加河北师大举办的高峰论坛,发表《有感于"话语权的复得——决非保守的话语"》一文并作大会发言。

11月 赴北京参加全国第八次文代会。

参加中国美院举办的"潘天寿师生画展"展出人物画《壮家人》一幅。

2007年 8月中国国家画院出版《画品丛书——丁中一篇》。

《中国诗书画印》第2期整期发表《丁中一：丹青中原推第一》等文与画。

创作历代名人中国画《韩愈》《司马光》等作品。

撰写《论中国画的改革实践》一文。

2008年 1月作为河南十位优秀画家参加于北京政协礼堂展出的"当代国画优秀作品展——河南作品展"并受到时任全国政协主席贾庆林的亲切接见。

5月 随河南省文化代表团赴新疆阿克苏作交流采访活动。

8月 随中国美协旅游联谊中心赴希腊参加"中国画画世界"活动。

创作《阿克苏的维族老汉》等一系列新疆人物肖像。

2009年 创作中国画《一览众山小》《春风初度贡嘎山》等。

是年之秋开始创作《当下》《咋的》等一系列有别于之前的国画人物画作品。

2010年 7月赴俄罗斯参与"中国画画世界"活动。

8月 开始撰写《惯性思维和理性思考——有关中国画人物画发展的断想》一文。

12月 赴埃及参加"中国画画世界"活动。

2011年 4月赴京参加于北京军事博物馆展出的"中原风"画

展。

积极筹备年底的"丁中一从艺六十周年画展"和画集、论文集的出版。

12月 于省美术馆成功举办"丁中一从艺六十周年回顾展"。

2012年11月 受上海美术家协会之邀,在上海举办"丁中一中国画作品展"(上海美术家协会主办)。

12月 在中国美术学院举办"丁中一中国画作品汇报展"(中国美术学院主办)。

2014年3月 开始创作《驻守·梦乡》一画。

12月 中国画创作《往昔》入选全国第十二届美术作品展。

2016年 于《美术》第1期的"名师风采"栏与时任中央美术学院院长、全国美协主席的中国著名油画家靳尚谊先生二人同栏发表作品11幅,并于同期发表论文《惯性思维和理性思考——有关中国人物画发展的断想》。

10月 完成《驻守·梦乡》一画的创作。

12月 《驻守·梦乡》等8幅作品于"杭州第四届中国画双年展"展出。

2017年8月 《高坡》一画参加"中原画风·河南省美术作品展"并赴安徽、河北、四川三省巡回展。

10—12月,筹备河南省文联、河南省美协主办的"岁月如歌·河南省老艺术家美术作品展";并积极筹备《丁中一奏南唱北速写集》工作。

2018年 继续筹备个人速写集工作。

参加河南省文联和河南省美协主办展出的"岁月如歌·河南省老艺术家美术作品展"并出版作品集。

2021年 《驻守·梦乡》《好戏》《人民》3幅画在《国画家报》专题出版。

6月 于河南省《名人名家》(内部刊物)刊出作品和专家艺评文章。

2022年 4月《春讯》《老子出关》等5幅作品入选中国国家画院举办的"还看今朝"当代名家书画学术邀请展。

6月 参与《画坛对话录》节目对话著名美术史论家刘曦林。